純喫茶
パオーン

椰月美智子
YAZUKI MICHIKO

角川春樹事務所

ライヤーミラー　5
あまのじゃくだな、のっぺらぼう　43
パオーンは永遠に　155

装画　平澤朋子
装幀　楪葉デザイン

純喫茶パオーン

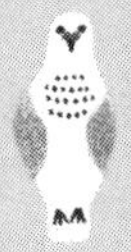

ライヤーミラー

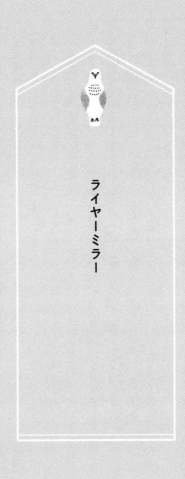

「うそだろ？　まじかー。来人《らいと》、それでも本当に小五かよっ！」

身を乗り出して琉生《りゅうせい》が言った拍子《ひょうし》に、盛大な唾《つば》が飛んだ。テーブルの上に着地したそれを、ぼくはおしぼりでさりげなく拭《ぬぐ》う。

「サンタクロースを信じてる五年生なんて、地球上で来人だけだぜ！　おれ、笑っちゃうよ」

そう言って、琉生が本当にげらげらと笑う。

「そうだよ、来人。もうそろそろ真実を知ってもいい頃《ころ》なんじゃないかな」

圭一郎《けいいちろう》までもが、したり顔でそんなふうに言う。

「じゃあ聞くけど、琉生と圭一郎はいつまでサンタを信じてたわけ？」

ぼくがたずねると、二人は申し合わせたように顔を見合わせた。琉生が肘《ひじ》で圭一郎をつつき、お前が先に言えよ、と促《うなが》す。

「お、おれ？　おれはさ、さ、三年生までかな」

圭一郎の返事に、ぼくは、へえ、とうなずいた。

「朝起きたらさ、サンタさんに頼んだゲームソフトじゃなくて、ぜんぜんいらない百科事典が枕《まくら》元《もと》に置いてあったんだ。こんなの頼んでない！　って文句言ったら、おかあさんが『サンタさんは、あんたのためを思ってこれをくれたんだよ』とか言い出してさ。おれ、頭に来ちゃって、さんざんサンタの悪口言って百科事典を放《ほう》ったら、おかあさんとケンカになって、最終的にキレたおかあさんが、サンタなんかいるわけないでしょ！　わたしがあんたのために買ったのよ！　ってバラしたんだ」

なぜか得意げに言う圭一郎だったけど、それってかなり悲惨な状況ではないだろうか。それまで用心深くサンタ役をこなしていた圭一郎のおかあさんも気の毒だし、サンタを信じていた圭一郎もかわいそうだ。お互いにとって、いちばん最悪のパターンじゃないか。

「おれは、小二まで。夜中におしっこに行きたくなって起き出したら、プレゼントを持ったおとうさんと鉢合わせしてさ。おとうさん、あせっちゃって、『ちょうど今、これが届いたんだ！』とか言って、その場でおれにくれたんだけど、次の日の様子もなんかおかしくてさ。ああ、サンタっていうのは架空の人物で、プレゼントは両親の愛情だったんだなあ、って思ったんだよね」

琉生は、口は悪いけど賢くてリーダーシップがあるから、クラスでも人気者だ。でも急にこんなふうに「愛情」なんていう言葉を使ったりするから、面食らってしまうことも多い。

「だからさ、サンタなんていないんだよ。わかった？　来人くん？」

琉生がぼくを見て、さもばかにしたような口調で言う。

「でもさ、オーストラリアに住んでいる人はいいよね」

「なんで？」

圭一郎の言葉に、琉生が即座に問い返す。

「だって、オーストラリアは夏にもクリスマスがあるんだよ。サンタがサーフボードに乗ってやってくるんだって。トナカイよりかっこいいよね。年に二回もプレゼントもらえるなんて、最高だよなあ」

「ばっかじゃねえの！」

琉生の口から、また盛大な唾が飛んだ。そのうちのいくつかが圭一郎の頰《ほお》に着地したけど、圭一郎は気が付かない。圭一郎はのんびりタイプで、たまにちょっとズレている。

「オーストラリアは南半球だから、十二月が夏なんだよ！　反対に八月が冬なの！　世界中どこにいたって、クリスマスは一日しかないだろっ」

圭一郎はぽかんとした顔で琉生を見つめている。わかっていないようだ。

ぼくは二人を無視して、氷が溶けてきたメロンソーダを一気に飲んだ。それを見た琉生もレモンスカッシュを飲み干《ほ》し、圭一郎は、もう残っていないバナナジュースをずずっと無理やり、ストローで吸った。

「ところで、なんでクリスマスの話になったんだっけ？　季節外れじゃね？」

琉生が言い、ぼくは窓ガラス越しの空を見上げた。半月形の緑色のビニールのひさしがちょっと邪魔だけど、そこには夏のきれいな青空が広がっていた。道路に視線を落とすと、アスファルトが蜃気楼《しんきろう》みたいに揺れて見える。外はかなり暑そうだ。

一面の大きな窓ガラスには、白字で「純喫茶パオーン」と大きく書いてある。店内は冷房がガンガンに効いていて寒いくらいだけれど、脂肪過多の圭一郎はこれでもまだ暑いのか、額に汗の粒をのっけている。

クリスマスの話になったのは、夏休みの宿題が発端《ほったん》だ。「とっておきの宝物」という題名で作文を書くことになっているのだ。来人はなにを書くのか、と琉生にたずねられ、ぼくは去年のクリスマスにサンタからもらった手鏡について書こうと思う、と返したのだった。むろん、琉生と圭一郎の言うところの、親によるフェイクサンタからのプレゼントではなく、本物のサンタからだ。

ちなみにフェイクサンタからは、望み通りの3DSをちゃんともらった。ぼくは大仰《おおぎょう》に喜んでみせた。おとうさんもおかあさんもうれしそうで、親孝行できてよかったとつくづく思った。

「そうそう、宝物について書く宿題のことを話してたんだよな。おれはさ、春に行ったハワイ旅行のことを書くよ。実際のモノじゃなくてもいいんだろ？　心のなかの宝物ってことにする。きっと先生への受けもいいはずだ。うひひひ」

琉生が、すでに書き終えたかのような口ぶりで言い、

「おれは宝物なんてないなあ。宝物、誰《だれ》か買ってくれないかなあ」

と、遠くを見つめたまま圭一郎はつぶやいた。

純喫茶パオーンは、創業五十年の喫茶店だ。五十年だなんて、気が遠くなるほどの時間だ。うちの両親だってまだ生まれていない。パオーンは、おじいちゃんとおばあちゃんの二人で切り盛りしている。喫煙は悪の世の中になっても終日喫煙OKだし、軽食もミックスサンド、ナポリタン、オムライス、ビーフカレーなど、純喫茶の王道メニューがそろっている。

「じゃ、おれたち、そろそろ帰るわ」

琉生が席を立ち、

「あとでまた来るかも」

と圭一郎が言った。パオーンは、夏のぼくらの避暑地でもある。

「ごちそうさまでした！」

琉生と圭一郎がそろって、カウンターにいるおじいちゃんに頭を下げる。おじいちゃんは表情を変えずに「おお」と言い、ぼくは二人を見送った。

飲み終えたグラスをトレイにのせて、カウンターに運ぶと、

「あいつらアホやな」

と、おじいちゃんが肩をすくめた。

「本物のサンタを知らんっちゅーことや」

言っておくけど、おじいちゃんは関西の人間ではない。そのときの気分で、おじいちゃんオリジナルのうそっぱち方言をしゃべる。

「おじいさんっ、来人の前で、来人の友達のことを悪く言うもんじゃないよ。ったく」

おばあちゃんが怒鳴《どな》るように口を出すが、怒っているわけではない。常にこういう話し方なのだ。

「来人、なんか食べるかい？」

「オムライス！」

おばあちゃんは、あいよ、と眉《まゆ》を寄せて返事をした。わかりにくいけど、喜んでいる顔だ。ぼ

くはカウンターに移動して、座面が高い位置にある固定椅子《いす》に座った。

「鏡、持ってきたのか?」

おじいちゃんが小声でたずねる。ぼくは鏡を取り出した。手の平ほどの大きさで、二つの三角形を上下に合わせたような星形をしている。

これは、サンタから送られた魔法の鏡だ。別名「うそ発見手鏡」。うそをついた人に鏡を向けると、きらりと一瞬光るのだ。

さっき圭一郎が三年生までサンタを信じていたと話していたとき、ぼくはひそかに鏡を向けた。鏡はきらりと光った。三年生というのはうそだろう。おそらく四年生までは信じていたと思われる。

おじいちゃんに圭一郎のことを話すと、おじいちゃんは、

「ほっほう」

と口をすぼめて、鳩《はと》のような声を出した。おじいちゃんは、この鏡の秘密を知っている。

「はいよ、オムライス」

「わーい!」

おばあちゃんのオムライスは絶品だ。

「来人ラブのハートだよ」

ケチャップでハートを描《か》いてくれたようだけど、お尻《しり》にしか見えないのが少し残念だ。しかも二つの山の間からケチャップがにゅっと出ている。まあ、味には関係ないから、よしとする。

「おいしい！」

と、口に出さずにはいられないおいしさだ。ケチャップライスにチキンがごろごろ入っていて、卵はふわっふわ。お米の硬さといい、塩加減といい、すべてが完璧《かんぺき》のオムライスだ。

ぽっぽー。年代物の鳩時計から、鳩の模型が出てきて十二回鳴いた。お昼休憩《きゅうけい》に突入したお客さんたちが、次々とやってきた。注文を取りに行くのはおじいちゃんの仕事で、おばあちゃんは調理担当。

おじいちゃんは膝《ひざ》が悪くて、左足を引きずるようにして歩く。段差だらけの店内だけど、五十年という長年の経験で、目をつぶっていたってつまずくことはない。トレイを持つ手もいつも小刻みに震えているけれど、これまで一度だってこぼすのを見たことはない。

グラスにたっぷりの、表面張力ギリギリの飲み物がどうしてこぼれないのか、本当に謎《なぞ》だ。もしかしたら、絶妙なおじいちゃんの手の震え加減によって、こぼれないように調整されているのかもしれない。

「いいかげんにしてよっ！」

突然の大きな声に驚いて振り返ると、うしろのテーブル席に座っていたカップルの女のほうが、怖い顔をして男をにらんでいた。男のほうは、「まあまあ、おさえておさえて」などと言って、にやにやと笑っている。

「マスター！　おれ、ハンバーグ定食ね。君は？　あ、ドライカレーが好きだったよね。マスター、ドライカレーも！」

男が手をあげて、おじいちゃんに言う。おじいちゃんもおばあちゃんも、お客さんに対してまるで愛想がないけれど、それでもいつも常連さんたちでにぎわっている。

「あの女、誰なのよっ！」

ドスの利《き》いた声で、女が男に詰め寄る。

「だーかーらー、あれはおれの従妹《いとこ》だって。おやじの姉貴の娘だよ」

「はあ？　昨日はおとうさんの妹の娘って言ってなかった？　うそばっかりついてるんじゃないわよ！」

ぼくはさりげなく鏡を男に向けた。きらり、と鏡は光った。

「もううんざりよっ！　このバカっ！」

女がコップの水を勢いよく男にぶっかけた。水が飛び、氷が床に散らばる。

「それにね、わたしはドライカレーなんてぜんぜん好きじゃないわよ！」

女が、ハンドバッグを大きく振りかぶった。ハンドバッグの角が男の額に命中する。男は椅子から無様《ぶざま》に転げ落ち、女はそのまま猛然と店を出て行った。

「悪いけど、片付けといて」

おじいちゃんがモップと雑巾《ぞうきん》を男に手渡す。照れ隠しなのか、男は、はーい、と子どものような返事をして、素直に掃除をはじめた。

「あいつ、うそついてたよ」

おじいちゃんに耳打ちすると、「鏡を使うまでもなか」と、呆《あき》れたように鼻から息を吐き出した。床掃除を終えた男は、結局一人でハンバーグ定食とドライカレーを食べた。

おばあちゃんのオムライスを食べてパワーチャージしたぼくは、さっそうとエプロンを身に着けた。今日はこれから店の手伝いをしよう。鏡を使ういいチャンスだ。

お冷やのおかわりを注《つ》いだり、注文を取ったり、空いたお皿を下げたりしながら、どこかにうそはないかと、テーブルをまわる。

「おじいちゃんのお手伝いをしてるの？　まあ、えらいわねえ。いくつ？　五年生？　あら、うちのいちばん下の孫と一緒だわ」

年配の女性客の注文を取りに行ったら、いきなり話しかけられた。

「孫は三人いてね、いちばん上の男の子が今年大学に入学したの。すっごくがんばって、東大に合格したのよ！　あなたもお勉強がんばってね。やれば誰だってできるのよ」

ぼくは、はあ、とうなずいた。昼時なのに、注文はアイスコーヒーだけだ。

「お食事はいかがですか？　ナポリタン、おすすめですよ」

愛想よく声をかけてみたが、アイスコーヒーだけでいいわ、と返された。

おじいちゃんが作ったアイスコーヒーを運び、鏡をさりげなく向けてみた。鏡は光らなかった。

「あのお客さんの孫、東大だってさ」

おじいちゃんに伝えると、おじいちゃんは顔をしかめ、

「東大じゃいったけん、東京大学とは限らんばい。東がつく大学はいくらでもあったい。それみんな東大じゃけんのう」

と言った。一体どこの方言なんだ。でも確かにおじいちゃんの言う通り。略して東大なんて、山ほどある。

「……すみません。お勘定《かんじょう》お願いします」

レジ前に立っている男性客が、控えめな声を出している。何度も言っていたようだったけれど、声が小さすぎて聞こえなかった。ぼくはまだレジ打ちができないので、おじいちゃんに伝えた。

おじいちゃんはひょこひょこと身体《からだ》を揺らしながらも、すばやい動きでレジに移動して、レジスターを操作した。

「千二百六十円ね」

男性客は、時間をかけてぴったりの金額を財布から出し終わったあと、

「あの、あの、パ、パオーンってどういう意味があるんですか」

と、たずねた。

「はあ⁉　なんだってえ？」

おじいちゃんは頓狂《とんきょう》な声を出して、手を耳にあてた。

「す、すみません……。こ、この喫茶店の名前です。パオーンって、なんだかかわいいなあって思って……」

「ああ？　店の名前かいな⁉　パオーンっちゅーのは、象の鳴き声や」

おじいちゃんはそう言い放ち、レジのお金を勘定しはじめた。男性客もぼくも、続きがあるのかと待っていたけれど、店名の由来についてはそれきりだった。

「ああっ！」

男性客がいきなり叫ぶ。ぼくは思わずびくっとして、おじいちゃんはお札を手にしたまま眉をひそめた。

「く、黒電話じゃないですかあ！　年代物ですねえ。わあっ、それそれ！　そのペコちゃんも、かなりのレアものですね！　ヤン坊マー坊のフィギュアまで！　ひゃあっ！　ダッコちゃん人形まであるう。くうーっ」

レジ奥のごちゃごちゃした一角を見ながら、男が興奮したようにしゃべりはじめる。昭和雑貨のオタクさんだろうか。ぼくは男を観察した。

めがねのレンズは皮脂《ひし》で汚れてるし、チェック柄の半袖《はんそで》シャツはところどころほつれているし、寸足らずのズボンはすっかりくたびれている。白い靴下にマジックテープの灰色のスニーカー。

「しゃ、写真！　撮ってもいいですかあ！」

おじいちゃんは無言でうなずいて、これ以上話しかけられるのを避けるためか、さっさとカウンターへと戻っていった。男はカバンから大きな一眼レフカメラを取り出してカシャカシャと撮影している。

「その写真どうするんですか」

「え？　えっと、どうしようかな。あ、そうだ、これSNSにあげてもいいかな。ど、どうかな。まずいかな」

「へんなこと書かないなら、大丈夫だと思います。宣伝してくれるんですよね？」

「も、もちろんだよう。へんなことなんて書かないよう。あ、あと、あの、外にあるメニューも撮っていいかな。レトロで、すてきだから」

男が言うのは、入口のガラス棚に飾ってある食品サンプルのことだ。これもかなり年季が入っている。

「どうぞ」

ぼくは男を外に促した。外はうだるような暑さだ。息すらできないような夏の熱気が、もあもあと立ちのぼっている。男は汗をかきながら、いろんな角度から食品サンプルを撮りまくった。

「あ、それは本物ですよ。今日のランチのポークソテー」

椅子の上に置いてある、ラップがかかっている皿の中身は本物だ。

「ははは、そうだよね。やけにリアルだなあと思ったよ」

笑いながらも、しつこく撮影する。ぼくは、ありがとうございました、と頭を下げて、店のなかに戻った。付き合っていられない。あ、鏡を向けるのを忘れてたけど、まあいいか。うそをついたとしても、たいしたうそではなさそうだ。

「らーいとっ」

肩を叩《たた》かれ振り向くと、ゆりちゃんが立っていた。ゆりちゃんはぼくんちの近くに住んでいる高校生だ。小さい頃からよく遊んでくれた。

おじいちゃんとおばあちゃんはパオーンの二階に住んでいて、ぼくの家はここから十五分ほど歩いたところにある。

「部活の帰りなんだー」

そう言って、ぴかぴかの笑顔を見せる。ゆりちゃんはバレー部だ。百七十五センチの長身、耳を出したショートヘア。

「今日は友達も一緒」

ゆりちゃんのうしろにいたから気付かなかった。ゆりちゃんは二人の友達を紹介してくれた。同じバレー部だそうだけれど、運動部っぽくない二人だった。一人は髪を高い位置でゆるくお団子にしていて、もう一人は肩までのボブだ。濃いアイメイクのせいか同じような顔に見えるので、髪型で区別する。

「ナポリタンにしよっと」

ゆりちゃんが言い、他の二人は、今日のランチのポークソテーを頼んだ。三人は席に座るなり、顔を突き合わせてたのしそうにおしゃべりをはじめた。

ぼくは、おばあちゃんが作ったナポリタンとポークソテーを順番に運んだ。ゆりちゃんには大盛りナポリタンだ。おじいちゃんもおばあちゃんも、ゆりちゃんのことは昔から知っていて、とてもかわいがっている。

ゆりちゃんは大盛りナポリタンをぺろりと平らげ、友達二人が食べきれずに残したポークソテーも笑顔で平らげた。ゆりちゃんは痩《や》せているけど、とにかくたくさん食べる。見ていて気持ちがいい。おじいちゃんはぼくに、付き合うなら食べっぷりのいい子がいいぞ、と言う。気持ちよく食べる子は心根がいいんだと。だから、ゆりちゃんは心根がいいのだ。

「はあーっ、お腹《なか》いっぱい」

ゆりちゃんが椅子にそっくり返って、お腹をぽんぽんと叩く。

「デザートは？」

たずねると、ゆりちゃんと友達は、「別腹別腹！　もちろん食べる！」と前のめりになった。

ゆりちゃんは、プリン・ア・ラ・モードとミルクセーキ、友達は二人ともケーキセットだ。お団子頭のほうはショートケーキで、ボブのほうはレアチーズケーキ。飲み物は二人ともアイスティ。

「ねえ、来人もここに来て、一緒に座れば？」

友達二人も「おいでおいで」と言ってくれたので、遠慮《えんりょ》なくそうさせてもらった。ぼくもミルクセーキをもらって、席につく。

パオーンのミルクセーキは、世界一だ。やさしいクリーム色のなかに、溶け切れていない卵黄の黄色がときおり見えるときのうれしさったらない。ぼくが大人になって、誰かに「子どもの頃の思い出の味は？」と聞かれたら、まっさきに「おじいちゃんの特製ミルクセーキ」と答えるだろう。

おじいちゃんが、トレイにのせた二つのミルクセーキとアイスティを運んできた。サービスなのか、いつも以上に満タンで今にもこぼれそうだ。でももちろん、絶対にこぼれない。

「マスター、どうもありがとう」

ゆりちゃんのかわいい笑顔に、おじいちゃんは相好《そうごう》を崩して「ごゆっくりね」なんて、めったに耳にしない台詞《せりふ》を言った。

「ねえ、それってなに？　もしかして生卵が入ってるの？」

ボブのほうが言い、お団子頭のほうが、「絶対無理ーっ！」と手をひらひらとさせた。

「え？　ミルクセーキだよ、知らないの？　こんなにおいしい飲み物、どこさがしたってないよ。特にパオーンのミルクセーキは最高。栄養満点だし」

ゆりちゃんが言い、ぼくもおおいにうなずいた。

「無理無理！　生卵入りの飲み物なんてありえない。そんなにスタミナつけてどうすんのよ」

お団子頭が笑って言う。ぼくは、なんにもおかしくなかった。

「やだあ。わたし、そのチェリー、きらーい」

お団子頭が、ゆりちゃんのプリン・ア・ラ・モードについているシロップ漬けの赤いチェリーを指さして顔をしかめた。ぼくは、チェリーにではなく、お団子頭に顔をしかめた。

「甘くておいしいよ。このチェリーの茎《くき》を舌で結べると、好きな人と付き合えるんだってさ」

ゆりちゃんが明るい声を出す。

「舌で茎を結べる人は、キスがうまいって言うよね」

「きゃー」

ボブの言葉に、お団子頭が黄色い声をあげる。

「来人くーん。今ね、ゆりの好きな人は誰か？　っていう話をしてたんだよ」

お団子頭が、急にぼくに話しかけてきた。

「はあ⁉　うそばっかり！　そんな話してないじゃん！　好きな人なんていないないしっ！」

ゆりちゃんの顔は真っ赤だ。

「……男子バレー部の岡本《おかもと》主将とか？」

ボブのほうが、遠慮がちにゆりちゃんにたずねた。

「なわけないでしょー！」

「ゆりってば、耳まで真っ赤だよ！」

お団子頭が、手を叩いて笑う。

「あの、ええっと、二人は誰か付き合っている人がいるんですか？」

ぼくは聞いてみた。

「いないよ」とボブは首を振り、「内緒ー」と、お団子頭が答えた。

「え、なに、内緒って？　いるってこと？　うそお？　誰なの？　教えてよ」

ゆりちゃんが目を見開いて、興味深そうにお団子頭にたずねる。

「ううん、まだちゃんと付き合ってるわけじゃないから」

お団子頭は、困った顔を作りながらもうれしそうだ。きっと、誰か好きな人がいるのだろう。

そのとき、ボブのほうが、

「……ゆりに、ちゃんと言ったほうがいいと思う」

と、お団子頭の耳元でつぶやいた。

「え？　え？　どういうこと？」

ゆりちゃんが目を丸くする。なんだかいやな感じだった。ゆりちゃんだけが知らないなんて、仲間外れみたいじゃないか。ゆりちゃんファンのぼくとしては、まったくおもしろくない。

「来人くんは、クラスで好きな子いるの？」

ボブが聞いてきた。

「いないよ」

と、ぼくは答えた。クラスメイトのことは友達としてみんな好きだけど、きっと今聞かれているのは、恋だの愛だのというほうの「好き」なんだろう。

「来人に好きな子ができたら、すぐに教えてね」

ゆりちゃんが言って、ぼくの肩をぽんと叩いた。ぼくは、うん、絶対そうするよ、と約束した。

「ねえ、ゆり。ゆりは本当に本当に、岡本先輩のこと好きじゃなーい？」

お団子頭が、上目遣いでゆりちゃんにたずねる。

「す、好きじゃないよ！　男バレの主将だし、リーダーシップがあってやさしいし、かっこいいとは思うけど、好きとかそういうのとは違うし……」

ゆりちゃんの顔は、またまた真っ赤だ。

「ほんとにほんと？」

お団子頭がしつこくたずね、ゆりちゃんは顔を赤くしたままうなずいた。ぼくはこのとき、おぼろげながら、お団子頭の腹のうちが読めてしまった。だから思い切って、お団子頭に聞いてみることにした。

「もしかして、あなたがその男子バレー部の主将のことを好きなんじゃないんですか？　だから、ゆりちゃんにしつこく聞いてるんじゃないですか？　本当は付き合ってるんじゃないんですか？」と。

ボブがびくっとし、お団子頭はごまかすように乾いた笑い声を立てた。ゆりちゃんは、真剣な顔つきで、

「え、え？　そうなの？　岡本先輩のこと……？　ほんと……？」

と、誰にともなくつぶやいた。

「ごめんっ！」

少しの沈黙のあと、お団子頭がいきなり頭を下げた。隣のボブは困った顔で視線を落としている。

「……実はね、わたし、岡本先輩から告られたの。まだ返事はしてないんだけど……」

お団子頭が白状した。ぼくはとてもいやな気持ちになった。だったら最初から正直に言えばいいじゃないいか。

「もしかしてゆりは、岡本先輩のこと気に入っているのかなーって思って。先にゆりの気持ちを聞いてから、返事をしようと思ってたの」

ぼくは、残りのミルクセーキを一気に飲んだ。少しは気持ちが落ち着くかなと思ったけど、おじいちゃんの特製ミルクセーキでも怒りはおさまらなかった。

ナプキンで口を拭って、ひと呼吸置いてからぼくは言った。

「あのさ、あなたさ。もし、ゆりちゃんがその岡本先輩って人のことを好きって言ったらどうす

るつもりだったんですか？　そうだったら断ったわけ？　そもそもあなたはどう思ってるんですか？　岡本先輩のことを好きなのかどうか！　そこがいちばん大事ですよね⁉　ゆりちゃんは関係ないですよね」

思わず早口になってしまった。

「あはは、やだやだ、なによ、来人ってばムキになっちゃって！　そもそも岡本先輩のことなんて、なんとも思ってないからぜーんぜん大丈夫だよ。なんでそんなこと気にするわけ？　来人の言う通り、自分の気持ちがいちばん大事だよ」

笑顔でゆりちゃんが言う。ぼくはポケットから鏡を取り出して確認しようかと思ったけれど、そんなことをしなくてもわかる。ゆりちゃんは、男子バレー部主将の岡本先輩とやらのことが好きなのだ。その証拠に、ゆりちゃんの手は、膝の上でぎゅうっとこぶしに握られている。

「ごめんね、ゆり……」

「なんで謝るのさー」

ゆりちゃんが明るく笑う。

「わたし、岡本先輩のことが好きなの。付き合ってもいいかな？」

「だーかーらー、なんでそんなこと聞くのさ？　関係ないじゃん」

ゆりちゃんはそう言ってから、ちょっとトイレ、と席を立った。

「最低だな」

ぼくは言った。お団子頭は聞こえないふりをした。

「行こう」

ボブのほうが、お団子頭の腕を取った。お団子頭は、「え、もう出るの？」と、しらじらしくきょとん顔をしていたけれど、

「少しはゆりの気持ち考えなよ」

とボブに言われ、しぶしぶと荷物をまとめた。

帰り際ボブのほうが、ごめんね、とぼくに謝ってきたけど、ぼくに謝られてもしょうがない。ぼくは無言で二人を見送った。

しばらくしてから、ゆりちゃんがトイレから出てきた。目が赤かった。

「あれ？　二人は？　帰っちゃったの？　ひっどーい」

そう言って、笑顔を作って頬をふくらませる。

「ゆりちゃんの分は、おじいちゃんのおごりだって」

「だめだよ、そんなの。ちゃんと払う」

ゆりちゃんは、おじいちゃんのいるカウンター席に移動した。

「今日は夏休み特別サービスデーじゃ。ゆりが食べた分は、来人に働いてもらうから大丈夫なんじゃ」

おじいちゃんが言い、ぼくもうなずいた。

「じゃあ、お言葉に甘えちゃおうかな。マスター、どうもありがとうございます。ごちそうさまです」

ゆりちゃんはおじいちゃんにちょこんと頭を下げ、来人ありがとう、と続けて、ぼくをきゅっと抱きしめた。

そしてそのまま、ゆりちゃんは泣いた。ぼくはゆりちゃんに肩を貸しながら、ゆりちゃんの背中をなでてあげた。失恋したときは泣くのがいちばんだよ、と恋も失恋もしたことのないぼくだけど、そんなふうに思ってゆりちゃんの大きな背中をなで続けた。

「カフェオレ飲みんしゃい」

おじいちゃんが、カフェオレをゆりちゃんの前に置く。銅枠のついた、昔懐かしいホットグラスだ。ゆりちゃんは、そっとカフェオレに口をつけた。

「甘くしといたさかい」

グラスを磨きながら、おじいちゃんが言う。

「やっぱり、むずかしいよねえ」

ゆりちゃんがつぶやいた。

「あんな女を選ぶ岡本先輩なんてやめなよ」

岡本先輩のことは知らないけれど、お団子頭に告るなんて、きっとその程度の男だと思うのだ。

「岡本先輩は、とってもいい人だよ。岡本先輩、この夏でバレー部引退なの。もうあんまり会えないなあ」

「ゆりちゃんは告らなくていいの？」

思い切って聞いてみた。だってこのままじゃ、なんかいやだ。

「あはは。なに言ってんの。ぼくが告ったら、岡本先輩、困っちゃうじゃない」

そんなのわからないじゃん！　と言おうとして、やめた。きっとぼくが想像できないぐらい大変なことが、ゆりちゃんの世界にはたくさんあるのだ。ゆりちゃんこと、由利斗《ゆりと》くんは男子高生だけど、男の人が好きなのだ。

ゆりちゃんはゆっくりと甘いカフェオレを飲んでから、帰って行った。

「ゆりは本当にいい子ずら……」

おじいちゃんがぼそりと言う。

「恋ってむずかしそうだね」

ぼくの言葉に、おじいちゃんは声をあげて笑った。

「ところで、おじいちゃんとおばあちゃんって、どうやって知り合ったの？　お見合い？」

ぼくの質問に、おじいちゃんは急に聞こえないふりを決め込んだ。

「もしかして恋愛結婚？」

カウンター内に引っ込んだおじいちゃんに、身を乗り出してたずねると、

「今で言うところのナンパだよ。喫茶店でコーヒーを飲んでいたら、この人にナンパされたんだよ」

と地獄耳のおばあちゃんが、話に割り込んできた。

「うそを言うな」

おじいちゃんが言う。

「おじいさんが、どうしてもってしつこいから、ちょっとお付き合いしてあげたら、今度は結婚してくれってうるさくってねえ。結婚してくれなかったら死んでやる、って大騒ぎだもの。だから仕方なくOKしてやったんだよう」

「おい、ばあさん。うそを言うなと言ってるんだ」

「絶対に幸せにするって言うから、こっちはしぶしぶ結婚してやったってのに、この有様だものねえ。七十過ぎても一日中立ち仕事だよ。まったくいやになっちゃうよ」

おばあちゃんが頭を振りながら、ぼくぼくと腰を叩く。

「お前、孫の前で、よくそんなうそをつけるな。お前がどうしてもおれと結婚してくれって、土下座したんじゃないか」

反論するおじいちゃんの目は泳いでいる。しかも、なんちゃって方言も出ていない。そんな余裕はないらしい。鏡を向けるまでもないだろう。この勝負、おばあちゃんの勝ち。

「でもまあいいさ。おじいさんと結婚しなかったら、来人にだって会えなかったんだからねえ。そう考えると、おじいさんにも感謝しなくちゃ」

おばあちゃんは目尻を下げてそう言って、シンクにたまったお皿を洗いはじめた。

ランチのお客さんたちが帰っていき、店内は空《す》いてきた。ぼくはタブレットを取り出して、「純喫茶パオーン」で、検索をかけた。

「あったあった」

さっき一眼レフで写真を撮って行った男性が、もしかしてなにか投稿しているかなあと思ったのだ。思った通り、ヒットした。

うそみたいにさわやかなブログだった。プロフィールには、「星屑星也《ほしくずせいや》（仮名）です。風景写真、読んだ本や観《み》た映画の感想が主です」と書いてある。

――「純喫茶パオーン」での初ランチ。いつか行きたいと思っていたお店だったので、念願叶《かな》ってうれしい。昔ながらのナポリタンに思わず微笑《ほほえ》んでしまう。ロマンスグレーのマスターと、やさしそうな奥さんとの二人で切り盛りされている。今日はお孫さんもお手伝いに来ていて、彼らの夏休みの一ページに、ぼくまで参加させてもらえたようで、気持ちがほっこりする。

店名のパオーンは、象の鳴き声からとったとのこと。マスターが照れくさそうに話してくれた。かわいい（笑）。写真は、レジ奥に飾られていた昭和レトロな置物たち。メニューの食品サンプルも味わい深い。

相棒の一眼レフを持って、ぼくはこれから散歩に出かけます。夏の青い空。真っ白い入道雲。すてきな一日になりそうだ――

コメント欄には「いいですね。わたしも行ってみたいです」とか、「今日もお写真素敵ですね」とか、「水分補給忘れないでくださいね」とか、「いつか星也さんと、街で偶然お会いしたいです」などと、女性からとおぼしきコメントが多くあった。

なにが星也だ。本人とブログのギャップがマリアナ海溝ぐらいある。今の時代、いくらでもうそはつける。理想の自分を演出するツールが多すぎる。

自動ドアが開いて、スーツを着た男性が入ってきた。お冷やとおしぼりを運ぶ前に、コーヒー！　と、大きな声でおじいちゃんに言って席に着いた。

「常連さん？」

おじいちゃんにたずねると、

「いんやあ、はじめて見た顔だんなあ」

東北弁のつもりらしい。ぼくがコーヒーを持っていったとき、男はちょうどスマホを耳に当てたところだった。

「あー、あのさあ。おれだよ、おれ。おれだけどさ、明日までに三十万頼むよ」

まんまオレオレ詐欺《さぎ》じゃないか！　びっくりして男を凝視《ぎょうし》していたら、ふいに目が合った。男は悪びれる様子なく、ぼくに向かってピースサインをよこした。

女性のお客さんがやって来た。いらっしゃいませ、と言う前に、オレオレ詐欺男が、

「こっちこっち！」

と、たばこを持ったまま手をあげた。女性客はオレオレ詐欺男の前に座った。注文を取りにいくと、「同じものを」と、オレオレ詐欺男が自分のコーヒーを指して答えた。女性はうつむいたままだ。

まったく不釣り合いな二人だった。オレオレ詐欺男のほうはいかにも軽薄で調子よくて、しかも、なかなかのイケメン。スーツは上質そうだし、靴も高価そうだ。

一方の女性は、とにかく暗い。地味な顔に地味なめがね、激安量販店で買ったような花柄のブラウスにクリーム色のスカート。カフェオレ色のストッキングに、色褪《いろあ》せたサンダル。ここに来

るまでに、ひったくりに遭《あ》って全財産を盗《と》られでもしたような、いかにも陰鬱《いんうつ》な表情だ。

女性のコーヒーを持っていくと、テーブルの上にパンフレットが広げられていた。「あなたも希望の光に包まれる」と大きく書いてある。宗教かなにかの勧誘だろうか。オレオレ詐欺男はパンフレットをぺらぺらとめくり、なにやら一生懸命に話している。女の人は、ところどころうなずくだけだ。

「おじいちゃん。あそこのお客さんたち、大丈夫かな。なんだかあやしいよ」

ぼくが告《つ》げ口すると、おじいちゃんは首をゆっくりと振って、

「お客様は神様です」

と手を合わせ、「ホットケーキ」と続けた。

「ホットケーキ?」

「ほっとけ、ということで候《そうろう》。ホットケーキとほっとけ、をかけたでござる」

方言だけじゃなく時代も自由みたいだけど、いちいち説明するところがかなしい。

「来人、ホットケーキ食べるのかい? 作ってやろうか」

地獄耳のおばあちゃんだ。うん! とぼくは元気よく返事をした。

ふわふわの生地《きじ》に黄金色のはちみつ、とろーりと溶け出したバター。おかあさんが家で作る既製の粉のホットケーキとはぜんぜん違う。

「子どもの頃の思い出の味は?」と聞かれたら、やっぱりおじいちゃんのミルクセーキはやめて、おばあちゃんのホットケーキにしようかな、なんて考えてるうちに、あっという間に完食してし

まった。あと二枚はいける。

「ったく！　さっきから何度言えばわかるんだよっ」

オレオレ詐欺男が、大きな声を出した。年配のおばちゃん四人チームが一斉に、そちらを見る。視線を感じたオレオレ詐欺男は、

「すみませんすみません。うるさかったですよね」

と、おどけながら頭を下げた。相手の女性は、うつむいたまま動かない。

ぼくは心配になっておじいちゃんに再度言ってみたけど、おじいちゃんは「ホットケーキ」と言うだけだった。ぼくはさりげなく彼らのテーブル付近で見張ることにした。

「大丈夫なんでしょうか……」

女が消え入りそうな声で男に言う。

「しつこいなあ。大丈夫だよ。あっ、でもやっぱり、こっちのほうがモノがいいんじゃない？こっちのが絶対いいって。金額は上回るけど、どうかな」

男が嬉々《きき》として言い、女性は、うーん、とうなっている。

「だってもう、金のことは心配ないじゃん。とりあえず入会はするとしてさ。あとはどれにするかだよね」

そう言いながら、男がパンフレットをめくる。女はぼそぼそとひと言ふた言しゃべり、ときおりうなずいている。

なにかを売りつけるつもりだろうか。ずっと、同じ場所に立ってるわけにはいかないので、ぼ

くは様子を窺《うかが》いつつ店内をまわった。

「じゃあ、これにしようよ。どう？　いいでしょ？　ぴったりだよね」

ぼくが一周して戻ってくると、男はうれしそうな顔でそう言っていた。

「はあ……」

女性は浮かない顔つきだ。

「じゃあ、決定ね！」

男が右手を差し出した。女性がおずおずと手を出すと、男は両手で女性の手を握って、ぶんぶんと振った。

「お水、いかがですか？」

ぼくは返事を待たずに、二人のグラスにお冷やを注いだ。広げてあるページには、妙な仏像みたいな写真が掲載されていた。金額は書いていないけれど、高価なものに違いない。

この女の人、絶対にだまされている！

オレオレ詐欺男の言いなりになって、大金を払って、あやしい買い物をさせられるのだ。

ぼくは鏡を取り出して、さりげなく向けてみた。当然のように鏡は光った。どうしたらいいだろうか。まさか、あなただまされてますよ、なんて言えやしない。

あ、そうだ、この女性にクーリングオフ制度を教えてあげるってのはどうだろう。クーリングオフは、うちのおかあさんがよく使っている。なんでもすぐに買うくせに、すぐに返品したがるのだ。

でも、それをどうやって伝えればいいんだ？　などと悶々《もんもん》と考えているうちに、二人は書類に記入しはじめた。

そのとき自動ドアが開いて、琉生が入ってきた。

「来人！　また来てやったぜい」

「ヒマだし暑いから、おれも来ちゃった」

圭一郎も一緒だ。二人が、オレオレ詐欺男と地味女の手前の席に座る。

「来人、店の手伝いしてんだ？　えらいなあ。おれ、ジンジャーエールね」

琉生が言い、おれも、と圭一郎が続く。

「タダじゃないんだからな。たまにはお前たちも手伝えよ」

ぼくの言葉に、二人は顔を見合わせた。

「どうしたんだよ、来人。なんだか機嫌《きげん》悪いぞ。もちろん、手伝うことがあったら言ってくれよ。なんでもやるよ。いつもごちそうになってるし」

琉生がまじめな顔で答える。こういうところが、育ちがいいというのかなんというのか、調子が狂う。琉生は、あとで店内の掃除をすることを約束してくれた。圭一郎も琉生につられて、しぶしぶと約束した。

そうこうしているうちに、女性がバッグから印鑑を取り出した。男が朱肉を差し出す。

「ここですね」

と言って、女性は印鑑を押した。オレオレ詐欺男も押印する。あちゃー。一巻の終わり！

「じゃあ、わたしはお先に失礼します」

女性が席を立った。え、帰っちゃうの？　いいの？　大丈夫なの？　と心配しつつも、止めるわけにもいかず、ぼくはぼけっとしたまま、女性のうしろ姿を見送るしかなかった。

一人残ったオレオレ詐欺男は、晴れ晴れした顔でたばこをふかしている。

「もう一杯、おかわりちょうだい」

おじいちゃんにコーヒーの追加注文を入れる。おじいちゃんは、ぼくになにも言わせないうちに「ホットケーキ」と言った。

「わかってるって。それにもう、女の人は帰っちゃったし」

おじいちゃんが小さくうなずく。

「なあ、来人。おれ、さっきの女の人、どっかで見たことあるんだよな」

少ししてから、琉生がそんなことを言い出した。

「さっきの女の人って、そこに座っていためがねをかけた地味な人？」

「うん、そうそう。ええっと、どこだったっけなあ……。つい最近見かけたんだよなあ」

琉生が腕を組んで考えている。

「あっ！　思い出した！　こないだうちに来たんだ！　へんなパンフレット持ってさ。新興宗教っぽかった。おかあさんがすぐに追い返してたよ」

「え？」

まさか……。ぼくは、コーヒーを飲んで、たばこの煙をうまそうに吐き出している男を眺《なが》めた。

だまされていたのは、こっちだったか！

　こっそりと鏡を向ける。鏡はまったく光らなかった。さっき鏡が光ったのは、あの女のうそに対してだったのだ。ふいにおじいちゃんと目が合う。おじいちゃんは、ぜんぶお見通しみたいな顔でにかっと笑った。

「琉生、来人。ちょっと話があるんだけど、いい？」

　圭一郎だ。めずらしく神妙な顔をしている。ぼくはエプロンを外して、自分の分のジンジャーエールをもらって席に着いた。

「朝さ、おれ、サンタクロースを信じてないって言ったでしょ？　あれさ、うそなんだ。ごめんっ」

　圭一郎が、がばっと頭を下げる。

「そうだったんだ」

「へえ」

　ぼくと琉生の返答に、圭一郎はおずおずと「怒ってない？」と聞いた。

「怒るもなにも、そんなことどうでもいいよ」

　はっきりと琉生が言う。確かにどうでもいい。

「でもさ、プレゼントの百科事典をおかあさんが用意したっていうのは、本当なんでしょ？」

　ぼくは聞いてみた。

「うん、あれはおかあさんが犯人なんだけどさ。でもさ、サンタクロースっていうのはちゃんといると思うんだ。おれ、プレゼントとはべつに、もうひとつサンタさんにお願いしてたんだけど、そっちは叶ったんだよ」

「もうひとつのお願いって？」

「おばあちゃんの病気が治るようにお願いしたんだ。もう長くないって言われてたんだけど奇跡的に回復して、今も元気なんだよ」

へえー、と、琉生と声がそろう。

「だから、おれはサンタさんのことを信じてるんだ。夏休みの宿題の、『とっておきの宝物』の作文だけど、おばあちゃんのことを書こうと思うんだ」

圭一郎が照れくさそうに首をぽりぽりとかく。

「すごくいいと思うよ」

ぼくは言った。

「おれのハワイ旅行の題材より、先生受けがよさそうじゃないかー」

琉生が続ける。

「来人の作文は、鏡だっけ？　サンタが置いていったっていう謎の鏡」

ぼくは大きくうなずいて、ポケットから手鏡を取り出した。

「この鏡は、うそを見破る鏡なんだ」

「はあ？」

「はあ？」

琉生と圭一郎が声をそろえて、怪訝《けげん》そうな顔でぼくを見る。

「じゃあ、試しにちょっと、なんかうそついてみてよ」

ぼくが言うと、琉生はそうだなあ、と腕を組んで、

「実はおれ、宇宙人なんだ」

と言った。ぼくが無視していると、今度は「実はおれ、八十六歳なんだ」と続けた。ぼくはこれもスルーした。

「あきらかなうそはやめてくれよ」

うんざりしながら言うと、

「うーん、むずかしいな」

と、琉生は腕を組んで頭を傾《かし》げ、圭一郎もうなずいた。

「真実かもしれない微妙なうそって、案外むずかしいよ。だってさ、それを言った時点であきらかに真実っぽくなるもん。たとえばさ、圭一郎の好きな女子は二組の大橋彩音《おおはしあやね》です、とか」

「ちょっ、ちょっと！　なんだよ、それ！　違うからな！　大橋なんて好きじゃない！」

ぼくは圭一郎に対して、ひそかに鏡を向けてみた。鏡は見事光った。

「大橋彩音、かわいいもんな」

「違うって！」

「じゃあ、西川《にしかわ》はるかのことはどう思う？」

「好きじゃないよ！」

圭一郎が顔を真っ赤にして、首を振る。テーブルの下で、圭一郎に鏡を向けるとやっぱり光っ

た。

「気が多いなあ」

ぼくが笑うと、「もしかして鏡が光ったの？」と、琉生が身を乗り出した。

「うん、見事ヒットした。きらりと光ったよ」

手鏡を掲《かか》げて、うなずいた。

「違うって！　おれは大橋も西川も好きじゃない！　そんな鏡インチキだ！」

圭一郎が立ち上がり、すばやい動きで鏡を奪い取った。

「おい！　よせ、返せよ」

「ふん、こんなのうそっこだ」

「うそじゃないよ、本当にうそをつくと光るんだから！」

「光るわけないだろ！　気持ち悪いこと言うなよ」

そう言って、圭一郎がぼくに鏡を向けた。

「え？」

鏡が一瞬光ったのを、ぼくは見逃さなかった。どういうことだ？　ぼくがうそをついている、ということだろうか。いや、そんなはずはない。今、ぼくはうそなんて、ひとつもついていない。もしかして、うそをつくと光るということ自体、うそということだろうか……。頭のなかが混乱して、なにがなんだかわからなくなる。

「な、なあ……、今、その鏡……、一瞬、ちょっとだけ光ったような気がするんだけど……」

圭一郎の向かいに座っていた琉生が、しぼり出すような声で言った。恐怖の顔だった。その顔を見た圭一郎の顔も、徐々に恐怖に歪《ゆが》んでゆく。

「うわあああ、こわいっ！」

圭一郎が鏡を放った。ぼくは慌てて手を伸ばしたけれど、間に合わなかった。

パリーンッ！

鏡は床に落ちて、粉々に割れた。

「あんたたち、なにやってんの！　ケガするから触るんじゃないよっ。下がっといで！」

地獄耳のおばあちゃんが、ほうきとちりとりを持ってすっ飛んで来た。

「割れてしもうたか……」

おじいちゃんも、いつの間にか近くに来ていた。

「ごめんなさい！」

我に返った圭一郎が頭を下げる。

「来人のおじいちゃん、おばあちゃん、お店のなかで騒いでごめんなさい！　来人もごめんっ！　とっておきの宝物だったたんだよね。光ったって聞いて、怖くなって思わず手を放しちゃったんだ……」

いいんだ、とぼくは答えた。おじいちゃんが、ぼくの肩に手を置く。

「……ねえ、おじいちゃん。この鏡、本当にうそを見破る鏡だったのかな」

「来人はどう思った？」

「そんなような気がしただけかも……」

鏡が光ったのは、自分の心がそう見せただけなのかもしれない。そんなふうに、ぼくは思った。

だって、うそってむずかしい。当たり前のふつうの会話にだって、うそはたくさんひそんでいる。

うそをつこうと思わなくたって、知らずについてるときだってある。

「サンタさんからのプレゼントだったんだよね。ほんと、ごめん」

圭一郎がうなだれる。

「気にせんとき。またなにかプレゼントしたるさかい」

おじいちゃんの言葉に、琉生と圭一郎が驚いた顔でおじいちゃんを見た。

「え？　サンタさんからのクリスマスプレゼントだったんじゃないの？」

圭一郎が言い、

「もしかして、来人のおじいちゃんがサンタ役だったんじゃない？　来人はサンタの存在を信じてたのに、夢破れたり、だな」

と、琉生が首をすくませた。

「サンタのことは信じてるさ」

ぼくは堂々と胸を張った。

「琉生の言ったとおり、サンタはおじいちゃんだから」

二人がへんな顔でぼくを見る。

「おじいちゃん、三太《さんた》って名前なんだよ」

「いかにも、わしがサンタじゃー。わっはっはー」

琉生と圭一郎は顔を見合わせて大きなため息をついたあと、あきれたように「うそつきめ」と言った。

ほらね、うそってほんとにむずかしい。サンタのことだって、ぼくはうそをついていないのに、勝手に二人がうそと決めつけた。

「来人、『とっておきの宝物』の作文、どうするんだよ。鏡割れちゃったじゃん」

「そうだなあ、うーん。どうしようかなあ」

「このお店のこと書けばいいよ。純喫茶パオーンのこと。どう？　だって宝物じゃない」

圭一郎が言う。

「そうだね、それいいね。それに決まり！」

「なんだよ、それもまた先生受けがよさそうだなあ」

「ねえ、おじいちゃん。この店って、創業五十年でいいんだよね」

さっそく作文の出だしを考えようと、おじいちゃんに聞いてみた。

「いんやあ、実は創業四十年や。ばってんまあ、五十年にしといてくれ。そのほうがハクがつくけん」

ガクッとずっこけた。なぜサバを読む必要があるのか、まったくもって意味不明だ。とりあえず、間をとって創業四十五年にしておくか、とぼくは思った。

あまのじゃくだな、
のっぺらぼう

「おれさあ、つくづくすごいなあって思うわけ」

氷が溶けたクリームソーダをストローでずずっ、と吸い込んで、圭一郎《けいいちろう》が同じ話を繰り返す。

「六、三、三制のどんぴしゃ感ってったらないね。誰《だれ》が決めたんだろうなあ。さすがだなあ。拍手もんだよ」

勤続三十年の課長のような世慣れた言い方だ。六、三、三制というのは、小学校、中学校、高校の日本の学校制度のこと。

「中学生になったとたん、これだもんなあ。小学生のときまではつるっつるだったのにさあ」

そう言って、圭一郎が前髪を上げて額をこっちに突き出した。

「何度も見たから、もう止《や》めてくれ」

さっきから、圭一郎の額に出来た無数のニキビを見せられている。そんなものを何度も見せられたら、おじいちゃんのとっておきのミルクセーキもまずくなる。

ここは純喫茶パオーン。ぼくのおじいちゃんとおばあちゃんが営《いとな》んでいる、創業四十二年の喫茶店だ。間違えてもカフェなんて言っちゃいけない。

「なあにがカフェだ！　猫も杓子《しゃくし》もカフェ経営！　冗談じゃない！」

と、カフェという言葉に妙なライバル心を持ったおじいちゃんの血圧が上がっちゃうからね。

「皮膚《ひふ》科の先生に見せたらさ、『正しく成長している証拠です。おめでとうございます』って言われて、うちのおかあさん、涙ぐんでたよ」

「その話も二回聞いた」

「おれも大人になっちまったんだなあ」

遠い目をして圭一郎が言い、氷が溶けたクリームソーダをずずっ、と吸い込む。

「来人《らいと》はまだまだ子どもだなあ」

「なにがだよ」

「だって来人の顔はつるつるじゃないか。まだまだお子ちゃまだってこと」

はあーっ。ぼくは大げさにため息をついてみせた。

圭一郎とは反対に、ぼくはキャシャダン（華奢《きやしや》な男子ってこと）だ。色白で髪はさらさら、大きな目を囲むように長いまつげがビシッと整列している。中学生になっても、いまだに女の子に間違われることがある。

ぼくと圭一郎は、保育園のときからの友達だ。この春、地元の中学校にめでたく入学した。

「皮膚科の先生言ってたよ。今までみたいに顔をろくに洗わなくても、お肌つるつるの時代は終わりました。これからはきちんと洗顔用の石けんを使って顔を洗ってくださいって。来人は洗顔料なんて使ってないだろ？」

「水だけで充分だ」

そう答えると、圭一郎は、ふっ、と気障《きざ》ったらしく鼻で笑った。ぼくより先にニキビができたことが、相当うれしいようだ。

「ぼくはつるつるのほうがいいから、ニキビなんて作りたくないよ」

「いいのかよ？　アオハルのシンボルだぜ」

「なあ、圭一郎。ニキビっていうのは皮脂《ひし》だ。脂《あぶら》が多すぎるってことだよ。夜にポテチとか食べてないか？」

そう言うと、圭一郎はあからさまにギクッとして、鼻の穴をひくつかせた。

「わかりやすいなあ」

「ふ、ふんっ、いいんだ。おれはこのニキビを気に入ってるんだから」

「モテないぞ」

「はあ？　なんで？」

心底驚いた顔でぼくを見る。

「つるつるのほうがいいんじゃないのかな。一般的に」

「なんでだよ！　ニキビは大人になりはじめたっていうシンボルだぜ。ニキビがあったほうが、モテるに決まってるじゃないか」

「じゃあ、なんで皮膚科に行ったんだよ。そのままでいいじゃないか」

「だって、おかあさんがひどくなる前に行ったほうがいいって言うからさ。ほどほどって感じがいいんじゃないかな？　ほどほどがモテるんだよ、きっと」

これ以上言っても無駄っぽいから、ぼくは、そうだね、とだけ返した。

「それにしても、六、三、三制ってすげえよなあ。一体誰が考えたんだろ。表彰したいくらいだよ」

圭一郎がまた同じ話を繰り返す。ぼくは大きくため息をついた。

ゴールデンウィークもとうに過ぎ去って、梅雨《つゆ》を待つばかりの五月末。ぴかぴかの新入生だったのは四月までで、今ではすっかりあのじめっとした古い校舎や、ダサい制服にも慣れた。

「さあってと。じゃあ、いよいよ最後のおたのしみといきますかっ」

芝居《しばい》がかった口調で、圭一郎がクリームソーダの受け皿にのったサクランボをつまんだ。ニキビができてから、圭一郎の性格までもが変わった気がする。妙にテンションが高い。

おたのしみというわりに、サクランボを味わいもせずに飲み込んで、瞬殺で種を出した。

「来人、知ってる？　サクランボの茎を口のなかで結べると、キスがうまい証拠なんだって。姉ちゃんから聞いたんだ」

圭一郎には年の離れた姉貴がいる。

「……時代だな」

「はう？　あんらって？　あう、うっ、ううん、あうわあ、こりはなかなかむつかちいなあ」

口をもごもごと動かしながらしゃべるから、なにを言っているのかわからない。おもしろいので、しばらく圭一郎の顔芸を見ていた。ひょっとこになったり、ゴリラになったり、虫歯が猛烈に痛む人になったりと、かなり笑えた。

「もう、らめらっ！」

そう叫んで、ぐねぐねになった茎をプッとナプキンに吐き出した。うへえ、勘弁してくれ。

「かほがいたい。きんにくつうだあ」

かなり顔筋を使ったらしい。圭一郎が頰《ほお》をさする。

「はーっ、こんなのできるわけないよ。できる奴《やつ》いたら、一万円プレゼントしてやる」

「本気？」

「男に二言はない」

いいこと聞いた。ぼくはカウンターで新聞を読んでいるおじいちゃんに、

「サクランボ一つ、もらっていい？」

と声をかけた。

「サクランボお？」

頓狂《とんきょう》な声を出して、おじいちゃんが新聞から顔を上げる。

「クリソとかプリパにのってる、シロップ漬けのサクランボだよ」

クリソはクリームソーダ、プリパはプリンパフェ。

「一粒五百円やぞ」

おじいちゃんは軽いジャブを放ち、ばあさん！　ばあさーん！　と、おばあちゃんを呼んだ。

「ったく、うるさいったらないね。こんなに狭い店で大きな声を出すんじゃないよ」

ドスの利《き》いた低い声で、おばあちゃんがカウンターから顔を出す。カウンター内でしゃがんで作業をしていたらしい。

パオーンの二階は住居になっていて、おじいちゃんとおばあちゃんが二人で住んでいる。結婚して四十六年。なんだかんだお互いに文句を言いながらも、けっこう仲良くやっている。

なんでぼくが、結婚四十六年目って知ってるかというと、四十五年目の去年、おばあちゃんが「サファイアを買え」って、毎日のようにおじいちゃんに迫っていたからだ。結婚四十五年目を「サファイア婚式」というらしい。

最終的におばあちゃんは、「あの世も近いし、宝石があってもしょうがない」という結論を出して、サファイアではなく現金をもらった。おじいちゃんが、わしの小遣いがなくなった、って嘆《なげ》いてたっけ。

「はいよ、サクランボ。一つでいいのかい?」

おばあちゃんが、小皿に一つサクランボを出してくれた。

「ありがとう、おばあちゃん」

おばあちゃんがにったりと微笑《ほほえ》んだところで、席に戻った。圭一郎は窓の外を見て、ぼーっとしている。口が痛いのだろう。

「一万円プレゼントしてやる、って言ったよね」

サクランボをつまんで言うと、圭一郎は「……お、おう」と弱気に返事をした。

「やってみるから見てて」

茎を取って口に入れ、口腔《こうくう》内に意識を向けて集中した。歯で茎を押さえて舌先でくるりと輪にして……。

「できた」

結んだ茎を小皿に出してみせた。

「一万円ね」

圭一郎に向けて手のひらを差し出すと、圭一郎はいきなりそっぽを向いて口笛を吹きはじめた。

「なにそれ。もしかして、ごまかしてるわけ？」

今度は口笛をやめて、またストローでずずっ、とやりだす。

「おれ、バナナジュース追加しようっと」

名案だとばかりに圭一郎が言う。

「当たり前だけど、自腹だから。わかってるよね」

「えー？」

「一杯目はぼくの友達だってことで、おじいちゃんの好意だから」

「じゃあ、注文するのやめようかなあ」

なんてセコい奴なんだ。

「とにかく一万円よこせ」

ぐいっと手を突き出すと、冗談《じょうだん》に決まってるじゃんと、調子のいい笑顔を向けてきた。

「おじいちゃーん、圭一郎がバナナジュース追加だって」

おじいちゃんは指でＯＫマークを作ってうなずいた。

「お、おい、来人。おれ、頼んでないぞ」

「一万円をぼくにプレゼントするか、バナナジュースを自腹で頼むかの二択だ」

にらみを利かせて言うと、ぼくが冗談で言ってるんじゃないってことがようやくわかったらしく、

「おれ、パオーンのバナナジュース大好き！　世界一おいしいよねえ」

と、態度を百八十度改めた。

「はいよ。圭一郎、バナナジュース」

おじいちゃんが左足を引きずりながら、震える手で、トレイにのせたバナナジュースを運んできた。毎回思うけど、なんでこぼれないのか、本当に不思議だ。表面張力ぎりぎりの飲み物すらこぼすことはない。

「今日も琉生《りゅうせい》は来んのか」

おじいちゃんに聞かれ、ぼくと圭一郎は一瞬目を合わせてから、どちらからともなくそらした。

「琉生は時間が取れないみたい。いろいろと忙しいみたいだよ」

ぼくと圭一郎と琉生は、保育園からの仲良し三人組だ。いつでも三人で行動して、いつだって三人で笑い転げていた。

琉生は中学受験をして、私立中学校に通っている。ぼくも圭一郎も、琉生と家は近いけど、登下校の時間帯が違うのか、中学に入ってからは道ですれ違うこともない。

「ところで、圭一郎は何部に入ったずら？」

いつの間にか、おじいちゃんが同じ席に座っている。

「おれはサッカー部です」

「へえ、キーパーけ？」

圭一郎は、縦ではなく横に体格がいい。

「よく言われますけど、違います。だって、キーパーってボール当たったら痛そうだし、それにおれ、鼻血が出やすいし」

おじいちゃんがあきれた顔で圭一郎を見る。ぼくも、なんで圭一郎がサッカー部に入ったのかサッパリわからない。小学生のときから運動はからきしだったのに。

「来人は何部だっけ？」

「科学部だよ」

科学なんてまったく興味はなかったけれど、他の文化部は吹奏楽部と合唱部だけだったから、とりあえずいちばん楽そうな部活を選んだ。部活は必須《ひっす》ではないけど、一応入部した。だってみんな、「何部に入ったの？」って聞くでしょ。なにも入ってないって言うと妙に残念な顔をされるし、会話も続かないからね。中学生にも社会性は大事だ。

「おじいさんっ、ナポリタンあがってるよ！　油売ってるんじゃないよ」

おばあちゃんの鋭い声。カウンターには、湯気の立ったパオーン自慢のナポリタン。

「はいはい、はいよ」

うるせえババアだなあ、おじいちゃんはそうつぶやいて、よっこらしょと席を立った。

「なあ、琉生から返事きた？」

なんてことないように、圭一郎にたずねてみた。圭一郎がしずかに首を振る。

「来人のほうは？」

ぼくも同じように首を振った。

「琉生、どうしちゃったんだろうな。ちょっと前までは即レスくれてたのにな……」

小学校を卒業して、スマホデビューしたぼくたち。すぐにＬＩＮＥを登録して、琉生のＲ、圭一郎のＫ、来人のＲで、「ＲＫＲ」というグループを作って、いつでも連絡を取り合った。春休みは毎日のようにパオーンに集まり、くだらない話をしてはゲラゲラ笑ってた。

ところが、四月半《なか》ば頃《ごろ》から徐々に琉生がトークに参加しなくなった。琉生は、通学時間が一時間以上かかるため朝は早いし、帰りはテニス部の練習で遅い。だから返事が遅れるのも、仕方ないことだと思っていた。

ゴールデンウィークも「遊びまくろうぜ」と三人で計画を立てていたけれど、琉生は家族でシンガポール旅行に行くことになって、おじゃん。

そうこうしているうちに、「ＲＫＲ」グループから、琉生がひっそりと退会したのだった。これにはびっくりした。というより、ショックだった。圭一郎と相談して、それぞれで琉生にさりげなくＬＩＮＥを送ることにした。

――琉生、元気？

――ああ。

これが、ぼくと琉生のＬＩＮＥの会話。

――ＲＫＲから、もしかして退会した？

――ああ。

これが、圭一郎と琉生の会話だ。

ぼくたちと連絡を取りたくないのが、ありありと伝わってきた。「ああ」という、ごく簡素な返信。ありえない。

けれど、ぼくと圭一郎はめげずにそれからも琉生を誘った。返事をくれることもごくたまにあったし、既読スルーされるときもあった。そして今は五月末。琉生からの連絡はすっかり途絶《とだ》えた。

「おれたち嫌われちゃったのかなあ」

圭一郎が言う。

「圭一郎、まさかと思うけど、額のニキビの画像とか、琉生に送ってないよね」

念のために聞いてみたところ、圭一郎の顔色が変わった。うそだろ、おい。

「……いや、だってウケると思ったんだよ。おれのアオハルのシンボルで元気出してほしいなあ、ってさ」

「圭一郎の画像のせいで、琉生はぼくたちから離れていったのかもしれないな……」

大きくため息をつくと、圭一郎は「違うって」と声を荒らげた。

「画像はつい最近のことだから関係ないよ。その前からスルーなんだから」

確かに琉生の性格から考えると、ニキビの画像なんて送った日には速攻で罵詈雑言《ばりぞうごん》の長文ＬＩ

NEが届くことだろう。そういう気持ちの悪い冗談を、黙って見過ごせるタイプではないのだ。

「琉生、どうしちゃったんだろうな。もうおれたちとは会いたくないのかな」

しょんぼりと言う圭一郎に、ぼくも返す言葉がない。三人でたのしく遊んでいたことが、ひどく遠い昔のことのように感じられる。

ズズズッ、とバナナジュースを吸い込む圭一郎は、さみしそうだ。琉生にしょっちゅうからかわれていた圭一郎だけど、ぼくから見ても気の合う二人だった。

「じゃあ、おれ、帰る」

そのまま店を出ようとする圭一郎の首根っこ（でろでろのTシャツの首の部分だ）をつかんで、

「お会計忘れていますよ」と、万引き犯への第一声常套句《じょうとうく》をかますと、

「あっ、ごめん。すっかり忘れてた」

と、とぼけた口調で返ってきた。

「四百八十円です」

「えー、五百円しか持ってないのに」

「ちなみに大盛りクリームソーダは五百二十円。合わせてちょうど千円だね」

「クリームソーダは、来人のおじいちゃんのおごりだもんね。いつもありがとうございます。で、おいしいバナナジュースはいくらだって？　はいはい、四百八十円ね。安いなあ！」

誰に向かってのアピールなのか、圭一郎はすべらかにひとりごとを言い、五千円札をキャッシュトレイに置いた。

「あ？　五百円しかないって言わなかったか？　ずいぶん金持ちじゃないか」

「ははは。これ、お年玉の残り」

ぼくは無言で、お釣りの四千五百二十円を渡した。

「ごちそうさま。来人、じゃあ、また明日な」

「うん、また明日」

圭一郎のでかい背中を見送ったあと、ぼくはエプロンを着けて、おじいちゃんとおばあちゃんを手伝った。

純喫茶パオーンは意外にも流行《はや》ってる。喫煙オーケー、店内は段差だらけ、看板のパオーンの書体はポップ調という、時代に逆行するような店だけど、常に半分ぐらいの席は埋まっている。

「来人が手伝ってくれると、とってもはかどるねえ。おじいさんとは大違い」

おばあちゃんはうれしそうだ。おじいちゃんは、またのんきに新聞を読み出した。まあ、いっか。おじいちゃんには長生きしてもらいたいしね。

「いらっしゃいませえ」

自動ドアが開く音がしたので愛想良く振り返ると、そこにいたのはゆりちゃんだった。

「ゆりちゃん」

「来人！　会えてうれしい！」

そう言って、ゆりちゃんがぼくに抱きつく。ゆりちゃんはいつもいい匂《にお》いがするから、まんざらでもない気分だ。ゆりちゃんはぼくの家の近所に住んでいて、パオーンの常連さんでもある。

ゆりちゃんはこの春、晴れて大学生になった。受験勉強中の去年は、気分転換だと言って、よくここにカフェオレを飲みに来ていたっけ。おじいちゃんは、ゆりちゃんのために閉店時間を延ばしたり、簡単なまかない飯を出したりしていた。

そのかいもあってか、ゆりちゃんは見事、第一志望の大学に合格した。おじいちゃんはお祝いにと、ゆりちゃんの大好きなチョコレートケーキを作った。ゆりちゃんはおいしそうに、ほとんど一人でホールケーキを平らげたっけ。

「今日はお手伝い？　圭一郎と琉生は一緒じゃないの？」

ゆりちゃんに聞かれて、さっきまで圭一郎と一緒だったよ、と答えた。

「琉生は来なかったんだ？」

「うん、いろいろ忙しいみたいだよ。ほら、学校が遠いしさ」

なんてことないように、ぼくは言った。ゆりちゃんは、ぼくたち三人のことを昔からよく知ってるけど、最近の琉生の動向については知らない。ぼくもわざわざ言いたくない。

「ゆりちゃんが日曜日に来るの、めずらしいね。サークルの帰り？」

ゆりちゃんは、散歩サークルに入っている。テーマを決めて散歩をするんだそうだ。ぼくだったら絶対にそんなサークルには入らないけど、ゆりちゃんはたのしそうだ。

「本屋さんに寄った帰りなの。どうしてもマスターのミルクセーキが飲みたくなっちゃって」

ゆりちゃんは髪を伸ばして、スカートをはいている。ゆりちゃんにとてもよく似合ってる。

「オッケー。大盛りにしてもらうね」

「来人、愛してる」

照れるなあ、と返して、おじいちゃんにオーダーを入れた。

「ゆりちゃんのだから、大盛りでね」

「おっ、そりゃあ、はりきって作らんとなあ」

おじいちゃんがゆりちゃんに手を振る。顔がにやけている。

「よし、大ジョッキで出してやろう。卵三つ入れたろ」

おじいちゃんは飲み物やパフェの担当。おじいちゃんの特製ミルクセーキは最高だ。

ぐがあああああああああああ、うぃーーーーーん。

年代物のパオーンのミキサーは、ものすごい音がする。

「完成ばい。うまそうだっちゃ」

「……おじいちゃん。だっちゃ、ってどこの方言？　まさかラムちゃんとか言わないよね」

「なんだ、ラムちゃんって？」

「『うる星《せい》やつら』っていう漫画に出てくるヒロインの名前だよ。ラムちゃんが、語尾にだっちゃ、って付けるんだよ」

『うる星やつら』はぼくの世代の漫画じゃないけど、おとうさんが持ってる古い漫画本を読んだから知っている。

「来人、お前はそういう細かいことを気にするところがいかんばい。人間、大きな器を持たんと。ほら、とっととゆりに持って行きんしゃい」

「はいはい」

トレイに大ジョッキのミルクセーキをのせる。重たいからバランスがうまくとれなくて、ヒヤヒヤした。

「わあ、すごい！　精がつきそう！　マスターありがとう！」

ゆりちゃんが、すでにカウンター席に座っているおじいちゃんに大きく手を振る。おじいちゃんもアホみたいに手を振り返している。

「ああ、ほんとおいしい！　初夏はこれに限るわー」

春夏秋冬いつでもいつだって、「これに限るわー」と、ゆりちゃんは言う。

「来人も座りなよ」

ゆりちゃんが向かい側の席をあごで示す。店内を見回すと、お客さんたちはスマホをいじったり、新聞や本や漫画を読んだり、ぼけーっとしたりで、すぐに用事はなさそうだ。ぼくはゆりちゃんの前に座った。

「ゆりちゃん、なんだか生き生きしてるね。なんかいいことあった？」

「やっぱりわかるう？」

「もしかして、恋人でもできたの？」

「きゃー、来人ったら、単刀直入すぎる！」

ゆりちゃんは、細くて長いきれいな手で小さな顔をすっぽりと覆い、いやいやするみたいに頭を振った。

「実はね」

ゆりちゃんが腰を浮かせて、ぼくの耳に口を近づけた。くすぐったい。

「告白されたの」

ささやくように言って、すとんと着席する。頬《ほお》が赤い。

「すごいじゃん！　どんな人？」

「同じ散歩サークルの人。顔はタイプじゃないんだけど、すごくいい人なの」

ゆりちゃんは面食いだ。

「付き合うの？」

「うん、たぶん」

「やったね！　おめでとう、ゆりちゃん」

「ありがとう、来人」

ゆりちゃんはにっこり笑って、ぐびぐびとミルクセーキを飲み干し、

「ミルクセーキで景気づけしたら、なんだかお腹空《なかす》いちゃった」

と、ナポリタンを追加注文した。ゆりちゃんは身長が百七十五センチあるけれど、とても痩《や》せていてスタイル抜群のモデル体型だ。にもかかわらずよく食べる。見ていて気持ちのいい食べっぷりだ。姿勢が良くて、フォークとスプーンを器用に操り、ひとかけらの食材も残さず食べ切る。

おじいちゃんは、付き合うなら食べっぷりのいい子がいいぞ、と言うけど、おばあちゃんは、食べ方のきれいな子がいいよ、と言う。ゆりちゃんだったら、どちらにしても合格だ。

オーダーを入れるとき、「ゆりちゃんの」と付け加えたら、
と、おばあちゃんが親指を突き出した。おばあちゃんも、ゆりちゃんが大好きだ。ぼくはカウンターをのぞきこんで、おばあちゃんのナポリタン作りを見物することにした。

「大盛りだね！」

タマネギとピーマンをサクサクッと切って、赤ウインナーは包丁の切っ先でシュシュシュッと飾り切り。年季の入った鉄製のフライパンをあたためて、サラダ油をジュッと回し入れたところに、ニンニクの粗《あら》みじん。香りが立ったらタマネギを炒《いた》めて、ピーマンとスライス缶のマッシュルームとウインナーを投入。ジュッジャーッ、ジュッジュッジャッ！　ウインナーが広がって、見事カニさんのお出ましだ。タコさんじゃなくてカニさんってのが、またいい。

「おいしそう！　この時点で、ご飯二杯はいける」

炒めた具材を一度皿にとって、ケチャップとほんの少しのウスターソース、顆粒《かりゅう》コンソメを、おばあちゃんの目分量でフライパンに混ぜ入れて沸騰《ふっとう》させる。めっちゃいい匂い！

さっきの具材をフライパンに戻して、オレンジ色の憎いやつ（むろんソースのこと）に、すでに茹《ゆ》でてあるスパゲティを入れて、ひとかけらのバターをＩＮ。おばあちゃんの菜箸《さいばし》&フライパン遣いで、見事に絡めてできあがり！　熱々を楕円《だえん》形の白いお皿に盛って、パルメザンチーズを振りかけて完成だ。

申し分ない匂い、色味、湯気の立ち方！　どんなにお腹がいっぱいでも食べたくなっちゃう魔法のナポリタン！

「おばあちゃんってほんとすごいね！　超手早いし！」

「うちに来るお客さんはさ、なんでもいいから早く食べたいのさ。さっさと食べて、たばこ吸ったり新聞読んだり、ぼうっとしたりしたいの。だから早いのは大事」

おばあちゃん、手元をほとんど見ないで切ってたもんなあ。かっこいいなあ。

「ねえ、おばあちゃん、スパゲティは先に茹でておくの？」

「そうそう、いちいち茹でてたら大変だからね。時間あるときに茹でて、サラダ油を散らしておくの。面倒だからこういう方法にしてたんだけど、どうやら、ナポリタンのもちもちっとした食感を出すにはこれがいいらしいよ。知らないで自己流でやってただけなんだけど、こないだテレビでそんなこと言ってる料理人がいてさあ。我ながらすごいって思ったわよう」

そう言って、豪快に笑った。

「ああ、おいしい！　おばあちゃんのナポリタン最高！　いくらでも食べられる！　幸せ幸せ！」

言いながら、ゆりちゃんはあっという間に大盛りナポリタンを完食した。

「今度、その人、紹介するね。ここに連れてくる」

帰り際、ゆりちゃんは照れくさそうに身体《からだ》をよじりながらぼくに耳打ちして、店をあとにした。

「ゆりのやつ、大学生活ば謳歌《おうか》してらね。いがった、いがった」

おじいちゃんが満足げに目を細める。

「それ、どこの方言？」

ぼくの質問をおじいちゃんはさらっと無視して、

♪尻がかゆけりゃ、明日は晴れだー。鼻がかゆけりゃ、明日は曇《くも》りー♪

と、自作の歌を歌い出した。

おじいちゃんはいつも、なんちゃって方言でしゃべる。前に理由を聞いたところ、「頭の体操だ」と返ってきた。

「ポッと思いついた言葉を、なにも考えずに口に出すだけじゃ能がない。いつでも頭をフル回転させて活性化させておけばボケないだべさ」

と、最後のほうに無理やり、あやしい方言をねじ込んで答えたっけ。

「ぼく、そろそろ帰るね」

エプロンをたたむ。時刻は十七時半。

「あら、もう帰っちゃうの？　夕飯食べていかなくていいの？」

おばあちゃんは少しさみしそうだ。

「うん、ごめんね。また来るから」

「気い付けてけえれよ」

おじいちゃんとおばあちゃんに手を振って、ぼくはそそくさとパオーンをあとにした。

「ごめん、待った？」

家までの道すがらにあるクスノキ公園。トイレがなくて、小さな子どもたちが物陰《ものかげ》でおしっこをするので、陰でションベン公園と呼ばれている。

権守《ごんのかみ》さんは、ベンチに座って文庫本を読んでいた。本を読んでいる女子っていいよなあ、と思う。

「ううん、今来たところ」

めがねのブリッジを右手中指できゅっと押し上げて、ぼくを見る。銀色のメタルフレームの丸めがね。権守さんにとても似合っている。めがねをかけている女子っていいよなあ。めがねに隠れた権守さんの素顔は、実はとてもきれいだ。

もうおわかりかと思うけど、ぼくは権守さんにかなり好意を抱いている。権守さんとはクラスが違うけれど、同じ科学部だ。

「それ、なんの本?」

文庫のカバーを裏返しにして本にかけているので、タイトルがわからない。

「『究極の心霊体験談その2』」

奥ゆかしく言うところがたまらない。

「怖そうだね」

「それがまったく怖くないの」

切れ長の目を見開くようにして答える。いかしてる。

「本、持ってきたよ。これでいいのかな」

おとうさんの書斎から拝借《はいしゃく》してきた本を見せると、権守さんは目を輝かせた。

「これ、絶版本で、もう手に入らないものなの。本当に借りていいのかな?」

言わずもがな、権守さんは幽霊が好きだ。今日はこの本を口実に、待ち合わせの約束をとりつけた。ションベン公園じゃ申し訳ないけど、このあたりに待ち合わせできそうな場所はないのだ。

「来人くんのおとうさんって、幽霊が好きなの？」

権守さんに問われ、ぶるんぶるんと首を振った。おとうさんは、超怖がりだ。うちは一階が台所とリビングになっていて、二階にぼくの部屋と両親の寝室とおとうさんの書斎があるんだけれど、おとうさんは一人で二階へ行けない。下で、ぼくがおかあさんと深夜テレビを見ていたりすると、

「来人、百円あげるから、一緒についてきてよ」

なんて言う。ぼくはもちろん、いいよ、と返事をして、二階に一緒に行ってあげる。すぐに降りようとすると、もうちょっと二階にいてよ、と五十円追加してくれる。こんな簡単な仕事で、けっこうなお小遣い稼《かせ》ぎになる。

怖がりのくせに、書斎には心霊やら妖怪《ようかい》やらの本がやたらと多い。おとうさん曰《いわ》く、「敵を倒すには敵を知るべし」だそうだけど、敵を知るばかりで一向に倒すところまでレベルが上がらない。そもそも自分の家の二階が怖いって、どういう感性なんだ。

大人って、ぼくから見たらすごく年上の、なんでも知っている強い人間だと思ってたけど、ぜんぜん違うんだなって、おとうさんを見てるとつくづく思う。子どもが年を重ねたのが、大人ってだけだ。

「権守さん、明日、部活出る？」

科学部は基本、月・水・金の活動だ。

「うん、行く予定。来人くんは？」

「もちろん、ぼくも行くよ」

権守さんが行かないならサボろうと思ってたけど、権守さんが行くならぼくも行く。

「本、いつまでに返せばいいかな」

「いつでもいいよ」

一生貸しといてもいいぐらいだ。

「じゃあね、また明日」

「あ、送っていくよ」

「えっ？」

権守さんが心底驚いたような顔をする。

「そんなに驚くことだった？」

「ううん、なんかびっくりしちゃって。そんなこと言われたのはじめてだから」

確かに、中一になりたての男子はそんなことを言わないのかもしれない。外もまだまだ明るい。

「じゃあ、コンビニでジュースでもどう？」

「えっ？」

権守さんが、また大仰《おおぎょう》に驚く。今度はあとずさりまでしている。

「お金持ってきてないし、またいつか……じゃあ、帰るね」

遠慮《えんりょ》がちに言い、権守さんは足早に帰っていった。

「……やっちまった」

ぼくはベンチに座り直して、頭を抱えた。ぼくとしたことが、不覚にも急ぎすぎてしまった。ぼくが権守さんに好意を寄せていることを、権守さんは気付いていない。部活が同じだけの男子に、突然送っていくだの、コンビニでジュースを飲もうだのと言われたら、あやしむのが当然だ。権守さんの反応はしごく正しい。

たのしみにしていた権守さんとの逢《あ》い引《び》きは、ものの十分で終わってしまった。ぼくは、ぼけーっとションベン公園のベンチに座りながら、辺りを見渡した。

さっきまで遊んでいた小学生たちは帰ったようだ。買い物袋を持ったおばさんが通っていく。自転車のおじいさんがよろよろと通過する。近道するためにションベン公園を横切っていく人たち。

午前中は親子、放課後は小学生たち、夕方は近道する人たち、たまにぼくたちみたいに待ち合わせをするカップル（まだカップルじゃないけど）とにぎやかだけど、日が沈んだあとにここを訪れる人はまずいない。なぜかって？

出る。

という噂《うわさ》があるからだ。出る、といったら、もちろんアレだ。たぬきやきつねじゃないよ。出るといったら、そう、幽霊だ。権守さんが大好きな、アレ。

噂っていうのは、今ぼくの正面にある大きなクスノキの木のことだ。このクスノキに「出る」

というのだ。クスノキの陰から突然「ばあ」と、おじいさんが顔を出したり、木の上から老婆が覗《のぞ》いていたり。

なかでもいちばん多く耳にするのは、枝に男がぶら下がっているというものだ。夜、この公園を横切った人たちが、口々に「見た」と言い出した。

そもそもこの辺りは、夜になると人通りが少ない。木々がうっそうとしていて暗いから、夜に公園に近づく人なんて酔っ払いのおっちゃんぐらいしかいない。酔っ払いの戯言《たわごと》としてしまえばそれまでだけど、噂が噂を呼び、昔この公園で首つり自殺があっただの、殺人事件があっただのと、まことしやかに言われるようになった。死んだ人の怨念《おんねん》がどうのこうの、見た人は祟《たた》られるなどと、ありがちな尾ひれがつきまくりだ。

インターネットで検索して調べてみたけど、この公園での殺人事件や自殺の記事は見つけられなかったし、実際に見たという人にも、ぼくは会ったことがなかった。

だから、そんなのうそっぱち！　って思ってはいるけれど、日も暮れてきて、広い公園に一人きりってのも薄《うす》ら寒いので、さっさと帰ることにした。

立ち上がって大きく伸びをする。そのとき一羽のカラスがやって来て、ジャングルジムのてっぺんに止まった。なんだかぼくを見ている気がしたけど、気のせいだろう。

カラスってゴミをあさったりいたずらしたりして、いいイメージがないけれど、ただ頭がいいだけなんだよなあと思う。黒色が不吉だっていわれるけど、縁起が良いって説もある。なんにせよ、人間が勝手に意味付けしているだけだ。

カァー。

ひと声鳴いて飛び立った。一枚の羽根が、左右に揺れながらゆっくりとぼくの足元に落下した。拾い上げて、白い芯《しん》みたいな部分を持ってまじまじと見る。カラスの濡《ぬ》れ羽《ば》色っていうけど、こうして見ると、グレーがかっている。さらっとした手触りだ。ほんのさっきまでカラスの身体にくっついていたんだと思うと、妙な生々しさが感じられる。

スマホを取り出して、鳥の各部の名称を調べてみた。芯みたいなやつのことは羽軸と呼ぶらしい。せっかくなので縁起が良い説を信じて、持って帰ることにした。

公園から出ようとしたところで、ハッとした。思わず足が止まる。

琉生だ！

琉生がこっちに歩いてくる。琉生はぼくの知らない奴と、たのしそうに笑いながら歩いていた。ひさしぶりの琉生。ぼくはうれしくなって、満面の笑みを浮かべてカラスの羽根を持った手を大きく振った。

「……え？」

琉生はそのまま何事もなかったかのように、ぼくの前を素通りして行った。完全無視だった。

「うそだろ……」

身体から力が抜ける。脱力ってやつだ。五年生のときに三十九度近い熱が出たとき以来の脱力だ。その場にくずおれて、膝《ひざ》をつきそうになったけど、ぼくはなんとか持ちこたえてよろよろと柵《さく》につかまった。

「まじか、琉生、まじかよ……ありえない対応だろ……」

今度は意思を持って、少し芝居がかった声で言ってみた。そうやって自分を奮い立たせないと、どこまでも落ち込んでいきそうだった。

琉生に無視された。琉生がぼくを無視した。かなりショックだ。いや、完全に全開ショック。めいっぱいショック。ぐわあああああ。

クスノキに目をやり、ぼくはカラスの羽根を放《ほう》り投げた。いいことなんて、ぜんぜんないじゃないか。やっぱり、不吉説を信じよう。そう思いながら、ぼくはおぼつかない足どりで、家に帰ったのだった。


「おはよう、来人」

バシッと背中を叩《たた》かれて、ぐらりとよろける。

「わわ、ごめん。そんなに強かった？」

圭一郎が申し訳なさそうな顔で、ぼくを見る。

「……いや、大丈夫」

「なんだよ、どうしたんだよ。風邪《かぜ》でも引いたのか」

脳天気な圭一郎の顔を見たら、なんだかわからないけどムカついてきた。

「うるさいなあ」

「どうしたんだよ、来人。来人らしくないじゃないか」

ぼくらしくない、ってどういう意味だろうかと思ったけど、今それを追求してもしょうがない。

ぼくは昨日のことを話した。パオーンで圭一郎と別れてからのこと。そのあとに見た琉生のこと。

もちろん、権守さんとの待ち合わせのことは内緒だ。

「マジ?」

「まじだ」

「琉生、気付いてなかったんじゃないの?」

「目の前を通ったのに気付かないのかよっ!」

大きな声で返すと、圭一郎はビクッとして、そうだよな、ごめん、と謝った。いや、圭一郎が謝ることじゃない。

「一緒にいたのは学校の友達かな。たのしそうだったよ、とっても」

「そっか……」

そのまましばらく無言で歩いた。学校の正門に着いたとき、

「琉生が、たのしそうだったならよかったじゃん。小学校のときの友達が誰もいない中学校で、琉生はがんばってるんだよ、きっと」

と、圭一郎が言った。

ぼくはうなずいて、圭一郎っていい奴だな、と少しだけ見直した。小学生の頃の圭一郎は、ちょっと天然でのんびりしていてどこかズレてて天真爛漫《てんしんらんまん》なお坊《ぼ》っちゃんタイプ、って感じだった

けれど、さすが中学生。いいことを言うようになった。ニキビができただけのことはある。

逆にぼくのほうは、まだまだだと反省する。確かに琉生はたのしそうだった。笑顔で友達と歩いていた。いいじゃないか。新しい中学、新しい友達、いいじゃないか。琉生がよければ、それでいいじゃないか。

そうは思うものの、ぼくたち三人は、保育園のときからずっと一緒だった。中学が分かれたって、これまでと変わらず仲良く遊べると思っていた。

「元気出そうぜ、おれたちも。なっ、来人」

圭一郎がぐいっ、とぼくの肩に手を回す。

「……重い。手をどけてくれ」

「あはは、悪い悪い。まっ、来人にはおれがついてるから心配するなよ」

上から目線の圭一郎。こういうところが、ちょっとイラっとするんだよなあ。

「おはよう」

権守さんだ。瞬時に目の前が明るくなる。

「来人くん、昨日はどうもありがとう」

「いやいや」

頭をかいていると、圭一郎に、おい、どういうことだよ、と肘《ひじ》で突《つつ》かれた。

「昨日ってなんだよ」

圭一郎としゃべってる場合じゃない。とりあえず無視する。

「ちょっと読んだけど、すごくおもしろいの」

「それはよかった」

「読み終わったら、感想伝えるね」

「たのしみにしてる」

「じゃあね」

「うん、部活で」

権守さんは軽く手を振って、小走りで去っていった。

「なんなん今の？　なんなん？」

圭一郎は目を白黒させて、わかりやすく狼狽《ろうばい》している。それにしても、そのなんちゃって関西弁はなんなんだ。第二のおじいちゃんか。

「えっ？　彼女？　もしかして来人の彼女？　何組？　科学部？　え？　どういう関係？　なんなん？　なんなん一体？」

「べつになんでもない。先行くよ」

そう言ってぼくは走り出した。自然と顔がニヤけてしまう。朝からラッキー！　権守さんは相変わらずすてきだ。

ニヤける顔を無理やり引き締めながら、琉生がたのしければそれでいいや、って思った。さっき圭一郎に言われたときは、一〇〇％納得できたわけじゃなかったけど、権守さんの笑顔を見たら、素直にそう思えた。なんて単純なぼく。でもそれが中学生ってもんだ。

退屈な六時間の授業が終わり、ぼくはそそくさと、科学部の活動場所である理科室へと急いだ。権守さんはまだ来ていなかった。チェッ、と舌打ちしたところで、

「来人」

と、三年生の牛込《うしごめ》先輩に声をかけられた。一度、牛込先輩を圭一郎に会わせてやりたい。圭一郎自慢のニキビが顔面に花盛りだ。

牛込先輩は、身長が百八十センチ以上あって体つきもがっちりしている。屋内で活動するイメージの科学部だけど、牛込先輩は野外活動が好きでかなり日に焼けている。これで短髪だったらいかにも運動部っぽいけど、牛込先輩の頭は、硬そうなくせ毛がぼあぼあと横に広がっていて、どんなキャップもはね返しそうな勢いだ。太い黒縁《くろぶち》フレームのめがねと相まって、そこはかとない凄味《すごみ》がある。

「なんですか」

ぴょんっ、と跳んで近くに寄ると、牛込先輩は「おわっ」と頓狂な声を出して後ずさった。思いがけず、牛込先輩の懐《ふところ》に入るみたいな形になってしまった。

「な、なんか照れるなあ」

ぼあぼあと広がった髪に手を入れて、わしわしと頭をかく。ぼくは自分で言うのもなんだけど、かわいい顔をしている。うちのおかあさんは女の子が欲しかったみたいで、小さい頃はスカートをはかされたり、伸ばした髪を三つ編《あ》みにされたりしていた。べつに嫌じゃなかったよ。かわい

いわねえ、と女の人たちに褒《ほ》められて、悪い気はしなかった。

「夏休み前に文化部の発表会があるだろ？　あれ、なにやるか決まった？」

ぼくの中学は七月に、文化部だけが参加する学術発表会というものがある。吹奏楽部と合唱部は体育館の舞台でお披露目《ひろめ》をし、毎年たいそう盛り上がるらしいけれど、科学部は、各チームや個人が研究したり考察したりしたレポートを模造紙に書いて、理科室に張り出すだけだ。見に来るのは先生ぐらいだと聞いている。

「いいえ、まだなにも決めてませんけど」

「そうか！　じゃあ、おれと一緒にやらないか」

「えっ……？」

なぜぼくが牛込先輩と……。

「あの、ぼく、まだ一年生ですし、牛込先輩は三年生とやったほうがいいと思います」

「研究に学年なんて関係ないんだよ。それにさ、他の三年生はもうみんなチームが決まってるんだよね」

「すみません。ぼくも、もう誰と組むか決まってるんです」

「誰？」

「ご、権守さんです」

「ああ、あのめがねをかけてるきれいな子か」

ぐびっ、と喉《のど》が鳴った。い、今なんて言いましたか⁉　ぼくは驚いて、牛込先輩を凝視《ぎょうし》した。

牛込先輩が、権守さんのきれいさに気付いていたとは不覚だった！　圭一郎なんて、今朝ぼくが権守さんとなにを話していたかをしつこく聞いてきたけど、シラを切り通していたら、最後は、

「でもあの子だったら、まあ、いいや」

と、笑ったのだった。「もう一回言ってみろ！」と、圭一郎の首根っこをつかんで、ぐらんぐらんと揺すぶってやりたかったけど、ぼくはぐっとこらえて心を落ち着かせた。圭一郎に、権守さんの聡明さや美しさを説明するのはもったいなかった。誰にも教えたくない。

それなのに！　まさか、牛込先輩が気付いていたとは！

「権守さんと二人でやる予定なので、すみませんけど無理です」

身のうちでうろたえながらも、冷静さを装《よそお》って断った。

「発表内容は？」

まだ決まっていなかった。実は、権守さんとやるってのも口からのでまかせだ。

「えっと、幽霊について……かな」

権守さんが好きそうなテーマを、適当に言ってみた。

「な、な、なにいい⁉　なんだってえ⁉」

「いや、あ、あの、まだ詳しく決めてないんです。とにかく、ぼくは権守さんと二人で……」

「来人っ！」

話の途中で、牛込先輩にガシッと手を握られた。振り払おうとしたけど、ものすごい力でびくともしない。

「やっぱりおれが見込んだだけのことはある！　実は、おれも幽霊について考察したかったんだ！」

「……はあ？　なに言ってんですか。大丈夫ですか」

「いやあ、奇遇だなあ。これぞ運命ってやつだ！」

「ちょ、ちょっと困りますって。今のはただの冗談で……」

正直に白状しようとしたところで、タイミング良くというのか、悪くというのか、権守さんがやって来た。

「やあやあ、権守さん！　君、幽霊について研究するんだって？」

「なんの話で……」

「ちっ、違うんだ。ちょっと話がややこしくなっちゃってさ！　ごめんね、権守さん。あっちで話そ……」

権守さんは、ぼくの必死な慌てぶりをさらりと無視して、

「牛込先輩っ！」

と、大きな声を出した。

「なんで牛込先輩が知ってるんですか？　超能力者ですか？」

ぼくは呆《ほう》けた顔で、権守さんを見つめた。

「それって、文化部の学術発表会のことですよね？　わたし、まだこのことは誰にも言ってないんですけど」

「え？　だってさっき来……」

「わーわーわーー！」

突然大きな声を出したぼくを、二人が怪訝《けげん》そうな顔で見る。

「なんだよ、来人。どうしたんだ？　夏が近いから叫びたくなったのか？　おれもそういうときあるから、よくわかる」

牛込先輩は真面目《まじめ》な顔でそんなことを言ったあと、「権守さん」と、権守さんに向き合った。

「学術発表会、おれたち三人でチームを組まないか」

「三人って？」

「おれと来人と権守さん」

「……いいですけど、幽霊の研究で本当にいいんですか？」

「もちろんだよ！　おれもそれをやりたかったんだ！」

「そうだったんですか⁉」

権守さんの目がキラキラしてる。まずい、この展開は……。

「よし、決まりだ！　おれたち三人で最高のレポートを書こうぜ」

「はいっ！」

権守さんの元気のいい返事……。

結局なんだかわからないうちに、三人でチームを組むことになってしまった。幽霊の考察って一体なんなんだよっ！　科学部ってなんでもアリなのかよ！　と心のなかで思いっきりツッコんだけ

ど、社会性のあるぼくは、

「よろしくお願いします」

と、にっこりと頭を下げた。これぞ、ぼくだ。

「来人、一緒に二階に行ってくれないかなあ」

その日の夜、リビングでテレビを見ていたら、怖がりのおとうさんに二階同伴を頼まれた。

「バッカじゃないの！」

と、声を荒らげたのは、おばあちゃん譲《ゆず》りの地獄耳であるおかあさんだ。

「四十五歳のおっさんが一人で二階に行けなくてどうすんのよ！　自分が建てた家なのに毎日毎日怖がって、家に失礼だと思わないの⁉」

「……ごめんねえ、ママ。夜はなんだかゾクゾクするからさあ」

「ゾクゾクって、風邪でも引いたんじゃないの」

仁王立ちで顔をしかめているおかあさんのうしろで、ぼくは指でＯＫマークを作った。

「百円ね」

「ありがとう、来人」

「ったくもう。来人も、パパを甘やかさないでちょうだい」

「そのうち慣れるよ。気長に待ってあげようよ」

ぼくの言葉に、おかあさんはほとほと呆《あき》れたという顔をして、

「この家に住みはじめて十年以上だけど、あと何年待てばいいのかしらね」

と、大きなため息をついた。

「ねえ、おとうさん。二階が暗いのが怖いならセンサー式の照明にしたらどう?」

「ばっ、なにを言うんだ、来人。センサーなんてさらに恐怖倍増じゃないか。誰もいないときに、もし電気が点《つ》いたらどうするんだ」

おとうさんが両腕をさすりながら答えた。やっぱり気長に待つしかなさそうだ。

「あ、そうだ、おとうさん。書斎から一冊本を借りたよ」

「なんの本だい?」

「ええっと、なんてタイトルだったかな。幽霊と交信する、みたいなやつ」

「ああ、それはきっと『幽霊との交信全記録　完全版』だな。どうだ、おもしろいだろ?」

「ぼくじゃないんだ。科学部の友達に貸したの。絶版本だって言って喜んでたよ」

おお、そうかそうか。と、おとうさんはうれしそうだ。

「今度さ、科学部の先輩とその子と一緒に、幽霊について研究するんだ」

そう言うと、おとうさんは前のめりになって、

「おもしろそうだなあ!　いいなあ!」

と天を仰《あお》ぎながら、なにかを噛《か》みしめるような表情で目を閉じた。幽霊が怖いくせに、なんでうらやましがるのかわからない。

「書斎にある本、いくらでも読んでいいからな」

「うん、どうもありがとう」

牛込先輩と権守さんに、おとうさんの本棚を見せたら狂喜乱舞しそうだなと思った。本棚にはオカルト系の本が山ほどある。なにか資料が欲しいときは、図書館に行かずともここで事足《ことた》りそうだ。

学術発表会に向けての活動は、野外活動好きな牛込先輩らしく、「まずはフィールドワーク」ってことだけど、幽霊探しのために廃屋《はいおく》や廃病院に行くのだけは勘弁してほしいと願っている。

「ハイ、百円」

手を出すと、おとうさんは百円玉貯金の瓶のなかから硬貨をひとつ取り出して、ぼくの手のひらにのせてくれた。あの瓶のなかにある百円玉は、いずれ全部ぼくのものになるだろう。うしし。

「じゃあ、ぼく、下に行くからね」

「もう行っちゃうのか」

おとうさんはさみしそうだったけれど、気を取り直したように、これがあるから大丈夫、と言って、クリスタルチューナーで、クリスタルを叩いた。

きーーーーーん！

「音叉《おんさ》の波動で、幽霊退散だ！」

おとうさんは、自分を奮い立たせるように言い、もう一回鳴らした。そしてもう一回。

「ちょっと！　うるさいわよっ！　ご近所迷惑でしょ！」

下からおかあさんの猛烈な怒鳴《どな》り声。おかあさんの声のほうが近所迷惑だろう。

「科学部の幽霊研究、なにかおもしろいことがあったら、おとうさんにも教えてくれ」

「うん、わかった」

下に降りたところで、二階からまた、きーーーん、と聞こえた。

「ったくもう」

おかあさんが大きなため息をついた。


今日は日曜日。ぼくは朝からパオーンに入り浸《びた》っている。圭一郎に声をかけたけれど、サッカー部の練習試合があるということで、めずらしく断られた。試合に出るの？　と聞いたら、一年生は試合に出るわけじゃなくて、ただの応援要員だそうだ。

梅雨に入り、ここのところじめっとした天気が続いている。先週、三年生は修学旅行だった。部活のある水曜、金曜と牛込先輩がいなかったので、権守さんとたくさんしゃべれてラッキーだった。思い出すと、顔がにやける。

ミルクセーキを飲みながら、ぼくは琉生のことを考えていた。琉生の通う中学校の修学旅行は海外に一週間行くらしく、しかもその期間は一年生も二年生も学校が休みになるそうなのだ。

入学早々、その情報を知った琉生は、「その期間、毎日遊ぼうぜ」と、ぼくと圭一郎を誘ってくれた。琉生の学校の修学旅行が六月ということは覚えているけど、日にちは忘れてしまった。もしかしたら、もうとっくに終わってしまったのかもしれない。琉生からは、なんの音沙汰《おとさた》もない。

　科学部の学術発表会。ぼくたちのチームのタイトルは、『幽霊は存在するのか?』になった。牛込先輩と権守さんが考えて、ぼくは「いいですよ（なんでも）」と、了承した。

　権守さんに貸していた本を返してもらったけど、その様子をめざとく見ていた牛込先輩に「おれもいいかな」と問われ、いやですよ、とも言えないので、あの本は今、牛込先輩が持っている。

　二人とも日本全国、いや世界規模での怪談話に詳しくて、ぼくはちょっとばかり引いている。幽霊に留《とど》まらず、妖怪にも詳しかった。『遠野物語《とおのものがたり》』には幽霊も妖怪も出てくるらしく、牛込先輩は、「両者には密接な関《かか》わりがあると予想される」なんて、いかにもそれらしいことを言うけど、ただたんに、目に見えないものを一緒くたにしているだけだと思う。

　顧問の先生に、ぼくたちのチームのテーマを伝えると、

「へえ、いいんじゃない」

と、どうでもよさそうな答えが返ってきた。確かに、科学部はなんでもありだ。生物部、天文部、物理部、そのぜんぶが合わさったような部なのだ。今年の学術発表会、ぼくたち以外のチームは、
・学校周辺の昆虫、植物の生態について
・マイコンロボット作製
・ペットボトルロケットはどこまで飛ぶか?
・生活に役立つ湿度とカビの関係

・星座と神話

というタイトルで、本当になんでもいいんだ、というのがわかる。

「来人、お腹空いたろ。なにか食べるかい？」

おばあちゃんに聞かれて、ぼくは遠慮なく「ミックスサンド！」と返した。おばあちゃんが作るサンドイッチは最高だ。

「はいよ」

大きな白いお皿に、玉子サンドとハムサンド。粗く刻《きざ》んだゆで玉子を、おばあちゃん特製の手作りマヨネーズで和《あ》えた玉子サンドは、三百六十五日食べても飽きないおいしさだ。

辛子とバターをパンの角まできっちりと塗ったところにハムとキュウリを挟む、ハムサンドも最高。残りのもう一種はツナと思いきや、ピーナッツサンドというところもいい。パンがたわむほどの、たっぷりのピーナッツ。歯の間に刻んだピーナッツのかけらが入るところもいい。忘れた頃に歯の隙間《すきま》から出てきて、二度たのしめる。

「ふあああ」

おばあちゃんがあくびをした。めずらしいこともあるものだと、ぼくは思った。おじいちゃんはしょっちゅうあくびをしているけど、おばあちゃんは店ではいつもシャキッとしていて、こんな姿はこれまで見たことがなかった。

「ばあさん、店であくびなんてするなよ」

おじいちゃんがすかさず口を出すも、言ってるそばから、おじいちゃんまで、

「ふあああ」

と、大きなあくびをする。

「二人ともどうしたの。寝不足？」

いつもケンカばかりしてるけど、あくびがうつるなんて仲がいい証拠だ。

「ありがとね。ここのところ、ちょっと眠れなくてねえ」

と、返すおばあちゃんの目の下にクマができている。見ればおじいちゃんの目の下にも大きなクマがあった。

梅雨前は暑かったけれど、梅雨に入ったとたん、肌寒い日が続いている。うちでも、早々におかあさんが羽毛布団を片付けてしまったので、夜はスースーして寒いぐらいだ。

「夜、寒いんじゃない？」

ぼくは聞いてみた。

「寒くはないねえ。ちょうどいいよ」

「トイレに何度も起きちゃうとか？」

歳《とし》をとると、寝ている間に何度もトイレに行きたくなるって聞いたことがある。頻尿《ひんにょう》ってやつだ。

「トイレも大丈夫なんだけどね」

「じゃあ、なんだろね」

ぼくが首を傾《かし》げていると、「物音が気になっちゃってねえ」と、おばあちゃんが言った。

「物音？　どんな？」

おじいちゃんが、余計なこと言うな、と小声でおばあちゃんを制したのを、ぼくは見逃さなかった。

「なに？　どうしたの。なんかあった？　隠さないで教えてよ」

ぼくは少々不満げな声を出した。

「もう中学生だよ。半分大人だよ」

今度は真剣な口調で伝えた。困ったことがあったら、なんでも相談してほしい。それが孫の務めってもんだ。

「物音ってどんな？　どこで？　二階？　お店？」

ぼくがカウンターに身を乗り出して聞くと、隣で新聞を読んでいたおじいちゃんが、

「店の外だ」

と、つぶやくように言った。

「店の外？」

二人は顔を見合わせて、ふうっ、と息を吐き出し、ぽつぽつとしゃべりはじめた。

物音がするようになったのは、五日ほど前から。店の入口でガチャガチャとシャッターを叩く音がして、すわっ、泥棒《どろぼう》か！　と、おじいちゃんは木刀を持って下に降りていったらしい。おばあちゃんも、なにかあったらすぐに一一〇番に電話しようと一緒について行ったそうだ。

時刻は午前三時。おじいちゃんは意を決してシャッターを開けた。

「誰だっ！」

木刀を掲げて大きな声を出したけど、外には誰もいなかったそうだ。辺りを見渡しても、人影はなかったらしい。

その次の日も、同じ時刻にシャッターのところから同じような音がした。パオーンは通りに面した店で、大きな窓が一面にとってある。おじいちゃんはシャッターを開ける前に、窓のカーテンを細く開けて外を見た。けれど窓のところには誰もおらず、音は相変わらずシャッターのほうから聞こえる。足音を忍ばせて入口に行き、いそいでシャッターを開けたけれど、やっぱり誰もいない。

次の日も、その次の日も、やっぱりシャッターを叩く音がした。結果は同じ。やはり誰もいない。

そして昨日の土曜、おじいちゃんはシャッターを閉めるのをやめたそうだ。シャッターを閉めないと、ガラスの自動ドアだけになって不用心だけど、犯人の顔はばっちり見える。

さらにおじいちゃんは、すぐに対処できるようにと、二階ではなく店で寝ることにしたそうだ。

「どうやって寝たの？」

「テーブルを三つくっつけて、その上に布団を敷いて寝たんだ」

「おじいさん、寝相が悪いから落ちるんじゃないかと思って、気が気じゃなかったよう。足も悪いしさあ」

おばあちゃんが言う。

「で、どうだったの？　今日も音がしたの？」

おじいちゃんがぼくの顔をじっと見た。ぼくもおじいちゃんの顔をじっと見た。はふうっ、とひとつ大きな息を吐き出してから、おじいちゃんは話を続けた。

「午前三時に物音がするのはわかってたから、それまで起きていようかと思ったんだけど、結局寝ちゃったんだよなあ」

「あんた、ここんとこ寝不足なんだから、仕方ないよ」

今日は、いつになくおばあちゃんがやさしい。

「音がして目が覚《さ》めたんだ。時計を見たらやっぱり三時だった。シャッターをおろしていなかったから、それまでとは違う音だったよ」

「どんな音？」

「自動ドアを叩く音だった。コツコツコツってな。いそいで入口に向かったけど、誰もいなかった。鍵《かぎ》を開けて外に出てみたけど、人っ子一人いない。しょうがないから、寝直そうと思ってテーブルの上に横になったら、またコツコツって音がした。慌てて入口に行ったけど、誰もいない。もしかしたら、また来るかもしれないから、今度はしばらくレジのところに隠れてたんだ」

入口の横にはレジカウンターがある。壁際に身体を寄せたり、しゃがみ込んだりすれば、外からは見えない。おじいちゃんは壁に背中をひっつけて、刑事みたいに張っていたらしい。

「案《あん》の定《じょう》、音がした。すぐさま飛び出していった」

ゴクッ、と唾《つば》を飲み込む音。ぼくの喉から出た音だ。

「そしたら、いたんだ」

おじいちゃんが目を見開いてぼくを見た。

「な、なにが？」

心臓がドクドクと波打つ。

「のっぺらぼうだ」

遠い目をして、おじいちゃんが言った。

「のっぺらぼう？」

「白い奴だったよ。つるんとした、のっぺらぼうだ」

「……そ、それって、なに？　幽霊？　妖怪？」

ぼくが聞くと、おじいちゃんは、さあな、と首を振った。

「この世のものではないかもしれないな」

ひーっ！　ぼくは心底びっくりしていた。幽霊や妖怪が出たことについてじゃなくて、おじいちゃんがそんなことを言ったことに対してだ。

「おじいちゃん、それ、本気で言ってるの？」

「いかにも」

おじいちゃんは、大きくうなずいた。

「おばあちゃんはどう思う？」

「わたしは実際見てないからなんとも言えないけど、おじいさんの口から『のっぺらぼう』なんて言葉が出てくること自体ありえないから、もしかしたら本当なんじゃないかなって思うよ。おじいさん、そういう話、大っ嫌いだからね」

うんうん、だよね。その通りだ。

「今日はどうするの？　また下で寝るの？」

おじいちゃんはゆっくりと首を振って、

「疲れたから、今日は自分の部屋で耳栓して寝るよ」

と言った。

「わたしも耳栓して寝るわ。まあ、なによりさ、泥棒じゃないのがわかってよかったよ。幽霊や妖怪だったら、どうしようもないもんねえ。音がするだけで、なにか悪さするわけじゃないみたいだし。なによりも、この世でいちばん怖いのは人間だからね」

さすがだよ、おばあちゃん。

自動ドアが開き、お客さんが入ってきた。

「いらっしゃいませえ」

おばあちゃんがすかさず声をかける。

「おう、空いてるところに座ってや」

常連さんらしいそのお客さんに、おじいちゃんが手をあげてあいさつした。ぼくは立ち上がってエプロンを着けた。

高校生のおねえさんや、仕事終わりであろうスーツを着たお客さんたちが増えてきた。おじいちゃんもおばあちゃんも、目の下にクマを作ったまま立ち働いているから、ぼくががんばらなきゃ、と思って、いつも以上にはりきった。

途中から雨が降ってきて、雨宿りに立ち寄ったお客さんたちがなだれ込んできた。おじいちゃんもおばあちゃんも大忙しだ。耳栓がなくても、今日はぐっすり眠れるだろう。

それにしても、幽霊？　妖怪？　のっぺらぼう？　本当だろうか。いや、おじいちゃんがうそを言ってるとは一ミリも思わない。気になるのは、のっぺらぼうの存在だ。

だって本物の幽霊や妖怪だったら、店の外にいる必要なんてある？　怖がらせたいなら、どんどん店に入ってくればいいじゃないか。なんなら、おじいちゃんたちの枕元《まくらもと》に立って驚かせばいい。わざわざ、店の入口で物音を立てて、おびき寄せるような真似《まね》をするだろうか？

おじいちゃんたちには悪いけど、いいネタができたぞ、とぼくは思った。牛込先輩と権守さんが聞いたら、大喜びしそうだ。

おじいちゃんにもっと詳しく、のっぺらぼうの話を聞きたかったけど、お客さんが入れ替わり立ち替わりやってきて、大わらわだった。

「今日はもう身体が動かんばってん」

おじいちゃんが言い、いつもより早めにCLOSEの札を出した。

「疲れたから今日は早仕舞いだわねえ」

おばあちゃんも言うので、のっぺらぼうの話は、また今度ゆっくり聞かせてもらうことにした。

クスノキ公園を通って近道して帰ろうと思ったけど、のっぺらぼうの話を聞いたばかりだし、雨が降っていて外が暗いのもあって、今日はやめておいた。

そういえば、おじいちゃん。のっぺらぼうの話をしたとき、ぜんぶ標準語で話してたな、と思った。すっかり日常で癖《くせ》になっている、なんちゃって方言すら出なかったくらいに、マジだということだろうか。

公園の横の道を通るとき、大きなクスノキにチラッと目をやった。なにも見えなかったけど、なにかが見えそうな、そんな気配がただよっていて、ぼくは早足で家に帰った。


「クスノキ公園⁉」

牛込先輩の提案に、ぼくと権守さんは顔を見合わせた。

「やっぱ、研究するには足を使ったフィールドワークがいちばんだと思うんだ。クスノキ公園なら近くていいし、どうだろう」

「……あの、ぼくのおとうさん、幽霊関係の本、たくさん持ってるんですよ。それを読んで考察するってのはどうですか」

と、ぼくは意見を出した。

「おお、そうか！　それは頼もしいな。じゃあ、本が必要になったら来人のおとうさんに借りて読ませてもらおう。でも、それとは別に自分の足で調べなきゃな！」

ぼくはこっそりとため息をついた。

「ええっと、クスノキ公園で、なにを調べるんですか？」

権守さんがたずねる。

「例の噂、聞いたことないか？」

権守さんは首を振った。聞けば、権守さんは六年生の夏休み明けに、この学区に引っ越してきたらしかった。なのでクスノキ公園の噂を耳にしたことはないそうだ。

「来人は知ってるだろ？」

「聞いたことはありますけど、信憑性《しんぴょうせい》に欠《か》け……」

「クスノキ公園に大きなクスノキの木があるだろ」

ぼくをさえぎって、牛込先輩が権守さんに向き直る。

「あの木に出るって噂があるんだよ。首つりしてる人影を見たり、木の前で写真を撮ったらなにかが写ったとかさ」

「そうなんですかっ⁉」

権守さんが、目を見開く。

「真相を確かめるために、聞き込み調査と張り込みしないか。どう？」

聞き込み調査も張り込みも、冗談じゃない。

「張り込みって夜ですか？」

権守さんがたずね、「わたし、夜は出られないです」と続けた。

「あ、ああ、そうだね。夜は不用心だもんね。女子だし、親御さんも心配するだろうしね」

親御さん、という言葉が中学生男子から出てきたことに、まず驚く。

「権守さんは、夜は出なくていいよ。おれと来人でやるから」

ちょっ、ちょっと！

「……あのお、ぼく、クスノキ公園の話って、ただの噂だと思うんですよね。あそこで首つりがあったっていう話も実際はないみたいですし」

「だから、それを確かめるんだよ、来人！」

牛込先輩が、ぼくの肩を景気よく叩く。なにを言っても無駄のようだ。

「クスノキ公園の噂より、ぼくのおじいちゃんが見たっていう、のっぺらぼうのほうが興味深いですけどね」

さりげなくぶっ込んでみた。

「のっぺらぼう⁉」

二人の声がきれいにそろう。

「なんだそれは⁉　詳しく聞かせてくれ、来人」

「わたしも、とっても気になる」

牛込先輩と権守さんに請《こ》われて、ぼくはおじいちゃんとおばあちゃんから聞いた話を二人に聞かせた。

「それは興味深いな」

牛込先輩は目を輝かせた。

「一体なんだろう……」

権守さんが人差し指を頬に当てて首を傾げた。かわいいしぐさだ。

「で、その後はどうなったんだ？」

「昨日聞いたばかりですから、わかりません」

「来人は、その後の様子を調べて、なにかわかったらすぐに教えてくれ」

「わかりました。じゃあ、ぼくの仕事はそれでいいですよね」

「ああ、それと、クスノキ公園で夜の張り込みな。さっそく今日からだ」

週のはじめから、張り込みかよっ！　てか、なんでぼくまで……！

「わたしはなにをすればいいですか」

権守さんがたずねる。

「権守さんはおもしろい資料があったら当たってもらって、ひとつくらい写してレポートを作るのもいいよね。それと、クスノキ公園でなにか見たって人の聞き込みを一緒にやってくれるかな」

「了解です」

これじゃあ、ぼくと権守さんだけの共同作業がないじゃないか。

「権守さん、うちのおじいちゃんののっぺらぼうの件、一緒にやってくれない？　今度おじいちゃんの喫茶店に行こうよ」

牛込先輩がトイレに立った隙に、権守さんに打診《だしん》してみると、権守さんは、もちろん！　と快《かい》諾《だく》してくれた。

「さあ、動いていこう！　おもしろくなりそうだな！」

手を制服のシャツで拭《ふ》きながら戻ってきた牛込先輩が、とびきりの笑顔を見せる。ハンカチを持っていないのだろうか。でもまあ、手を洗わない圭一郎よりはマシか……。

「さあ！　二人とも手を出して」

「はい？」

「円陣を組むんだよ、ほら」

権守さんがおずおずと手を出したので、ぼくも仕方なくそれにならった。重ねられた牛込先輩の手がしっとりと濡れていて、叫び出したかったけど我慢した。

「『幽霊は存在するのか？』はりきってやるぞ！　ファイトオー！」

「……ファイトオー」

「声が小さいけど、まあいいか」

他の科学部の連中が、びっくりしたようにこっちを見ている。

牛込先輩は満足そうにうなずいて、ニカッと笑った。


「こんなに雨が降ってますけど、本当に張り込みするんですか……？」

クスノキ公園、午後九時。これから十時半まで張り込む予定らしい。中途半端な時間帯。そもそも幽霊って、丑三《うしみ》つ時だよな。午前二時とか三時とかそのぐらいの時間じゃないだろうか。

「雨のほうが雰囲気あるから、期待大だぞ。来人、傘差したままじゃ目立つから、ほら、これ」

牛込先輩はそう言って、へんなビニール袋をよこした。

「なんすか、これ」

「カッパだよ、雨ガッパ」

市指定のゴミ袋に、頭と腕を出す穴が三つ空いている。

「……こんなの作らなくても、百均ですばらしい雨ガッパを売ってますよね」

「ばかだなあ、来人。フェイクだよ。ゴミ袋と一体化してカモフラージュするんだ」

「……はあ」

牛込先輩は、言うことが本気なのか冗談なのかわからないところが持ち味でもあるし、不気味でもある。

クスノキ公園の西側の隅《すみ》に、メルヘン小屋と呼ばれている、屋根がついているメルヘンチックな建物がある。小さなベンチと丸太を模した小さいテーブルがあって、幼い子にはいいかもしれないけど、いかんせん狭いし日当たりが悪いせいか、使う人はあまりいない。よって、ここだけ雑草が盛大に生えている。

でも、雨ざらしより多少はマシだろう。横風が吹きつけてくるから、ほとんど屋根の意味はないんだけど。

「ここは最高の場所なんだ。こっちからはクスノキがよく見えるけど、クスノキ側からは見えないようになっているんだ。ナイスポジションだろ？　おれが見つけたんだ」

牛込先輩が自慢げに鼻の穴をふくらませる。

「なあ来人、ちょっとこれ見てくれ。さっきそこで拾ったんだ」

牛込先輩がとっておきの宝物を見せるようなしぐさで、なにかを取り出した。

「カラスの羽根ですか？」

「そう、カラスの羽根だ。なんだかゾクゾクしないか。幸先いいぞ。興奮するなあ」

そう言って、牛込先輩はカラスの羽根をそっとなでた。これって、前にぼくが拾って捨てた羽根じゃないだろうか。いや、あれから半月以上経っている。まさかね。

横殴《よこなぐ》りの雨は激しさを増してきて、当たり前だけど公園内にいるのはぼくと牛込先輩の二人だけだ。クスノキを照らす電灯は今にも切れそうに、薄ぼんやりと点滅を繰り返している。

「いい雰囲気だ。盛り上がってきたな」

これのどこが盛り上がっているのかはわからなかったけれど、面倒なので、後輩らしくうなずいておいた。

一分一秒が異様に長く感じられる。つらい。帰りたい。

「……なんにもないですね」

「これからだよ、来人」

牛込先輩は、クスノキをじっとりと見つめている。

「なんの動きもないですね。なんの影も見えませんね。ただのクスノキの木ですね」

さっきから同じことを何度も言っているのだが、牛込先輩は「これからだ」と言って、相手にしてくれない。

「寒いです。風邪引きそうです」

「大丈夫か、来人。これ飲めよ」

牛込先輩から水筒を渡される。

「これ、はちみつホットレモン作ってきたんだ」

「はちみつホットレモン作ってきたんだ」

「これ、牛込先輩も飲みましたか？」

「おお、なかなかうまいぞ。遠慮しないで飲め」

ぐいぐいと水筒を押しつけられ、意を決してひと口飲んだ。牛込先輩との間接キッス。

「……おいしいです」

「だろ？」

複雑な心境だったけど、はちみつホットレモン自体はおいしかった。

「牛込先輩は、なんで幽霊に興味があるんですか」

暇《ひま》すぎるから聞いてみた。牛込先輩は、おやっ、という顔でぼくを見て、ゆっくりと話しはじめた。

「二年前に、青森のばあちゃんが死んだんだ。おれ、ばあちゃんが大好きだったから、ショックでさ。って言っても、会えるのは毎年一回、夏休みに遊びに行くときぐらいだったんだけど」

田舎《いなか》があるっていいなあと思いながら、ぼくはうなずいた。

「その前の年に遊びに行ったときは、まだばあちゃん元気だったんだけど、おれと話しているときに突然『あと一年ぐらいだなあ』って、言ったんだ。なんのこと？　って聞いたら、『この世にいるのは、あと一年』って」

「予知能力ですか」

「うーん、よくわかんないけど、死期が近くなるとそういうことがわかるのかなって思ったよ。で、そのときに、『死んだときは、よっくんに知らせるからねえ』って言ったんだ。どうやって？　ってたずねたら、『考えとくよ』って」

よっくん、というのは牛込先輩のことだ。牛込先輩の名前は吉彦《よしひこ》。

「その翌年の夏、おれが自分の部屋で漫画本を読んでいたら、コンコンって窓を叩く音がしたんだ。おれの部屋二階だから超ビビったんだけど、思い切ってカーテンを開けたら、メスのカブトムシが網戸にくっついていたんだよ」

「それ、本当にカブトムシですか。カメムシじゃないですか？」

牛込先輩は首を振って、正真正銘カブトムシのメスだった、と言った。

「カブトムシが飛んでくるなんて、めずらしいだろ？」

確かに滅多《めった》に見かけない。この辺りは住宅地で、カブトムシが生息できるような雑木林はないはずだ。

「おれはそのカブトムシを捕まえて、虫かごに入れたんだ。そのとき、母さんがおれを呼んだ。降りていったら、今電話があって、ばあちゃんが亡くなったって」

ぼくは神妙な顔でうなずいた。ありがちな話ですね、なんて口が裂《さ》けても言わなかった。

「ばあちゃんは、おれにちゃんと教えてくれたんだ。二階に戻って虫かごを見ると、不思議なことにカブトムシはいなくなってた」

やっぱりカメムシだったんだな。虫かごの網目から逃げたんだろう。

「……そうですか」

「そのあと、家族ですぐに青森に行って、お通夜《つや》とお葬式に出た。お通夜は家でやったんだけど、そのときもまたカブトムシのメスが来たんだ。玄関先に止まってた。次の日のお葬式のときも、また来た。網戸につかまってたよ。そのあと、火葬場でも見つけた。外のベンチに座ってたら、ブーンって足元に飛んできたんだ」

目を細めながら、牛込先輩が言う。カメムシは全国どこにでも出没する。触ると手が臭くなるんだよなあ。

「不思議だよな。あれ、絶対にばあちゃんだよ。すごいよな」

「ええっと、それで幽霊に興味を……？」

「そうだ」

幽霊と今の話とではちょっと趣《おもむき》が違うけど、まあいいか。牛込先輩の美しい思い出話だ。

「来人」

「はい」

「なんか見えないか？」

クスノキの木のほうを見て、牛込先輩が言う。

「なにも見えませんけど」

「ほら、あそこ。なにか動いてないか？」

目を凝《こ》らしてよーく見る。

「いえ、特になにも……」

「よく見ろ！　木の枝のところで、ぼおっとした光がゆらゆらと動いてるじゃないか」

「どこですか？　ぼくにはぜんぜん見えないんですけど……」

牛込先輩が勢いよく立ち上がり、クスノキの木に向かって走り出そうとする。

「ちょっ、先輩！　そこ、滑《すべ》りますよ！　気を付けてくださ……」

「おうわあっっ！」

ぼくが言い終わらないうちに、牛込先輩の野太い叫び声。

ズッデーン！

盛大な音がした。

「わわ、先輩！　大丈夫ですかっ！」

メルヘン小屋のタイルは超滑るのだ。雨が降っていたらなおさらだ。

「ううっ」

牛込先輩が腰の下あたりを押さえている。どうやらひどく尻《しり》を打ったらしい。

「だから、滑りますよ、って注意したじゃないですか。頭打たなくてよかったですよ」

のろのろと立ち上がった牛込先輩を見て、今度はぼくが悲鳴を上げた。

「血……！　顔が血まみれですよ！」

牛込先輩の顔の下半分が、真っ赤に染まっていた。

「うわああ」

自分の顔を触った手を見て、牛込先輩が絶叫《ぜっきょう》する。どうやら鼻血を出したらしかった。尻もちをついたあと、バランスを崩して顔面を床に打ちつけたようだ。

「大丈夫ですか」

「ううっ、痛い……。大丈夫じゃないけど、木を見にいかないと……」

そう言って立ち上がろうとするけれど、牛込先輩はなかなか立ち上がれなかった。身長百五十六センチ、体重三十九キロのぼくが引っ張っても、助け起こせるわけがない。牛込先輩の体重はおそらく八十五キロ以上はあるだろう。

「だめだ、動けん」

「……」

ぼくは雨に濡れながら、大きなため息をついた。


最終的にどうなったかというと、ぼくのおとうさんとおかあさんが迎えに来た。牛込先輩が自宅に電話をしたところ、看護師であるおかあさんは今日は夜勤で不在。おとうさんはまだ会社だそうで、高校生のお兄さんからは「冗談じゃない」という、にべもない返事。

結局ぼくが自分の家に電話をして、おとうさんとおかあさんに来てもらうことになったのだった。近いから呼びに行こうかと思ったけど、一人にしないでくれ！　と牛込先輩が子犬のような目で懇願《こんがん》するので（おいー！）、つめたい雨のなか、うちの親が来るのを二人で待ったというわけだ。

電話口でおとうさんは、

「クスノキ公園なんて、怖いから行きたくないよ！」

と、さんざん駄々をこねていたが、おかあさんの罵声《ばせい》がうしろから聞こえたあと、電話は切れ、五分後に駆けつけてくれた。牛込先輩をなんとか起こして車に乗せ、先輩の家まで送った。すぐに先輩のおとうさんも帰ってくるらしかったので、そこでぼくらは引きあげた。

「来人お、お前たちすごいなあ。雨のなか、クスノキ公園で張ってるなんてえ」

帰りの車のなかで、おとうさんはぼくを褒《ほ》め称《たた》えた。自分にはとてもできないと。おかあさんは、ぼくと牛込先輩とおとうさんに、ただただ呆れていた。

そしてそのあとぼくは、熱を出した。梅雨寒《つゆざむ》のなか、横なぐりの雨に打たれれば風邪を引くのも当然だ。三十八度を超す熱は三日間続き、結局学校をほぼ一週間休むことになった。

熱にうなされている間、のっぺらぼうが部屋の四隅にいて、ぼくを見張っている夢や、カメムシの大群がベッドの下に隠れているという夢を見たりした。牛込先輩と権守さんが付き合うことになった、という夢もあった。めちゃくちゃだった。

一週間ぶりに登校して科学部に顔を出すと、

「二人とも大丈夫でしたか？」

と、権守さんに心配された。どうやら、牛込先輩も同じく一週間休んでいたらしい。

「ぎっくり腰みたいになっちゃってさあ。ようやく元に戻ったよ。悪かったな、来人」

そう言う先輩の顔は、擦《す》り傷がかなり目立っていた。転んだときの傷だろう。

「風邪引いちゃったんだってな。あの日、寒かったからなあ」

誰のせいだと思ってるんだ！　という言葉を飲み込んで、「牛込先輩のこと、うちの親が心配してましたよ」と伝えた。

「来人のご両親には大変ご迷惑をおかけしました。近いうちに菓子折り持っておわびにいきます」

真面目《まじめ》くさって、牛込先輩が頭を下げた。本当に菓子折りを持ってきそうだったので、本気でいらないです、と丁重に断っておいた。

「それにしても、クスノキ公園の見張り初日に二人が大変な目に遭うなんて。やっぱり呪《のろ》いでしょうか？」

権守さんの言葉にギョッとする。そんなこと考えてもみなかった。

「やっぱり権守さんもそう思う？　おれもそう思うんだよね。あのとき、確かに木の枝のところに、ぼおっと光ってるものが揺れていたんだよ」

真剣な顔つきで、牛込先輩が腕を組む。

「いや、ぼくにはなにも見えませんでしたよ。それに牛込先輩が転んだのは呪いとかじゃなくて、下がタイルで超滑りやすく、横殴りの雨が降っていたからです。そこを走り出そうとしたから転倒するのも当然です。ぼくの熱だって、あんな寒いなか、じっと座って雨に打たれてたら、当たり前に風邪を引きますよ」

牛込先輩以外は、と心のなかで付け足す。

「あれはなんだったのかなあ……」

牛込先輩は腕を組んだまま考え込んでいる。ぼくの話はまったく聞いていないようだ。

「これ」

牛込先輩はポケットから、例のカラスの羽根を取り出した。

「それって、カラスの羽根ですか」

権守さんが目を凝らす。

「ああ、夜の見張りのときに、公園で拾ったんだ。運命的な出会いだと思ってさ。これが吉と出るか凶と出るか」

「すでに凶って出てるじゃないですか！　二人して一週間も学校を休むことになって！」

と、ぼくは心のなかで言うにとどめた。どうせ聞いてくれないんだから。

「あの、わたし、二人が休んでいる間、聞き込み調査をしてきました」

権守さんの言葉に、ぼくと牛込先輩は顔を見合わせた。

「すごい！」

ぼくは権守さんを心から讃《たた》えた。一人で聞き込みをするなんて、すばらしい勇気と行動力だ。

「どうもありがとう、権守さん！　ぼくたちが不甲斐《ふがい》ないばっかりに、君にだけやらせてしまって申し訳ない。この通りだ」

芝居がかった調子で、牛込先輩が頭を下げる。不甲斐ないって、ぼくのことも入ってるわけ？　転倒したあと、一人にしないでくれと、ぼくに泣きついてきたのはどこの誰だろう。

「なにか成果はあった？」

はずんだ声でたずねる牛込先輩に、権守さんは伏し目がちに首を振った。

「近所の人に聞いたんですけど、クスノキで自殺をした人などいないそうです。以前、クスノキの木の伐採計画はあったそうですが、事件なんてなにもないそうです。変な噂が立つようになって、皆さん、困っていました。なかには怒り出す人までいて……」

わわ、大変な思いを一人でさせてしまった！　申し訳ない気持ちでいっぱいになる。

「権守さん、ごめ……」

謝ろうとしたら、牛込先輩が「おかしいなあ」と、かぶせてきた。

「あの木、絶対にヤバいと思うんだよね。だっておれ、光みたいなのがゆらゆら揺れているのを、実際にこの目で見たんだから。枝のところに、ぶらさがっているみたいにさ。あれは首つり自殺した人の怨念《おんねん》に違いないよ」

牛込先輩の言葉に、権守さんはうつむいて黙ってしまった。

「聞き込みが甘かったんじゃないの？」

牛込先輩が、さらに追い込む。

なに言ってんだ、この人⁉　いくらなんでも、これは黙っちゃいられない！

「牛込先輩っ！」

え？　ぼくの声じゃない……？　ふと見ると、権守さんが強い視線で牛込先輩をにらんでいた。

「わたしは、自分が聞いてきたことを伝えただけです。それをおかしいとか言うの、意味がわかりません。不愉快です！」

おおっ！　権守さん！　よくぞ言った！　拍手！

「えっ？　あっ、ごめんね。そういうあれで言ったんじゃないんだけど、そういうあれに思っちゃったんだね。あれだったよね、ごめんねえ、あれしちゃって」

牛込先輩は「あれ」という代名詞を多用して、拝《おが》むように手を合わせた。

「あとは牛込先輩が、一人で聞き込みしてください。もう知りませんっ」

権守さんは毅然《きぜん》と言い放った。

「いやいや、いいよ。もう充分だもんね。どうもありがとう、権守さん。完璧《かんぺき》な聞き込みだったよ」

手のひらを返したような牛込先輩の言動は、逆にすがすがしさを覚えるほどだ。

「先輩、クスノキ公園の夜の張り込みですけど、親から止められたのでもうやめます」

ぼくも宣言した。おかあさんから禁止令が出ているのは事実だ。さんざん寝込んで迷惑をかけたので、そりゃそうだと思うし、そもそもぜんぜんやりたくない。

「あとは、牛込先輩が一人で張り込みしてください。よろしくお願いします」

ぼくは、ぺこりと頭を下げた。

「来人お、なに言うんだよう。おれのこの腰じゃあ、一人で張り込みなんてできないよ。なにかあったら大変だからねえ」

牛込先輩はそう言って、わざとらしく腰をさすった。ぼくと権守さんは思わず目を合わせた。だめだ、こいつ。と権守さんの顔に書いてあった。ぼくの顔にもきっと書いてあるだろう。

「じゃあ、あとは、来人のおじいさんのお店ののっぺらぼうだけだね！」

妙に明るく牛込先輩が言う。ぼくと権守さんはまた目を合わせた。

「わかりました。おじいちゃんのところに調査行ってきます」

ぼくは言い、権守さんとまた顔を見合わせた。気の合う二人。なんだかうれしいぞ。牛込先輩のことは、もういいや。

そのあと、ぼくは権守さんを誘って、パオーンに出向いた。

「どないしたんや、来人。一緒にいるかわいこちゃんは誰ぞな、もし」

おじいちゃんが、ひょっとこみたいな顔をしてぼくたちを出迎えた。

「科学部の友達の権守さん。権守さん、ぼくのおじいちゃん。向こうのカウンターにいるのがおばあちゃん」

おばあちゃんがこっちを見て、大きく手を振る。

「まあ、座りんしゃい」

おじいちゃんが窓際の席へ案内してくれた。

「権守さん、なに飲む？　それとも、なにか食べる？」

権守さんは小さな声で、お金持ってきてないから、と申し訳なさそうに言った。なんて奥ゆかしいんだ！　圭一郎とは大違いだ。さらに好感度アップ。

「バナナジュース、オススメだよ。ぼくはミルクセーキ。お金なんて、もちろん気にしないで」

権守さんはさんざん遠慮していたけれど、最終的にはバナナジュースを所望してくれた。

「今日のバナナジュースはとびきりおいしいだっちゃ」

おじいちゃんが言いながら、権守さんの前にバナナジュースを置く。

「ラムちゃんですか」

権守さんも『うる星やつら』知ってるんだ。さすがだ。おじいちゃんは軽くスルーして、なぜかぼくの隣に座った。

「来人が女の子を連れてくるなんて、はじめてだべさ。うひひ」

「ちょっと。権守さんが困ってるじゃない。やめてよ、おじいちゃん」

「あら、ごめんなさいね。おほほほ」

方言だけじゃなく、なんちゃって性別越えも出てきた。

「そういえば、来人。風邪引いてたんだって？　もう大丈夫かいな」

「うん、もうすっかり治ったよ。それより、おじいちゃん。例ののっぺらぼう、その後どう？」

「あーうーあー」

あやしいうなり声を上げる。

「あのあとも出てきたの？」

「あーうーあー」

どうやら、あまり話したくないらしい。

「出たんだね」

と、ぼくが身を乗り出したところで、ぬっ、と目の前に二つの皿が出てきた。

「はいよ、ナポリタン」

おばあちゃんだ。

「お腹空いたろ。お食べ」

ぼくは、どうぞどうぞと権守さんに勧《すす》めて、先に口をつけた。

「あー、ほんとおいしい！」

寝込んでいたとき、どれほどこのナポリタンに焦《こ》がれたか。権守さんは遠慮がちに、「いただきます」と言って、くるくるっと器用にフォークを使って口に入れた。その瞬間、権守さんの顔が、ぱあっと明るくなった。

「おいしいっ！　とってもおいしいです！　あっ、カニさんウインナーだ！　かわいい！」

嘘偽《うそいつわ》りのない権守さんの声と表情。おばあちゃんはとってもうれしそうだ。おばあちゃんが言っていた「食べ方のきれいな子」っていうのは、権守さんにぴったりと当てはまる。

「で、のっぺらぼうの話に戻すけど、もしかしてまた出たの？」

まったくさー、ほんと、いやになっちゃうよ、とおばあちゃんは大きく息を吐き出した。
ぼくは権守さんと顔を見合わせた。こうして顔を見合わせるのは、今日何度目だろう。自然と顔がにやける。
「先週末に物音がしたばい」
「いつ？」
「金曜と土曜ばい。もう起き出るんは面倒くさかけん、便所だけ行ってそんまま放《ほ》っといた」
「わたしも一度目が覚めたけど、耳栓してそのまま布団をかぶっちゃったわ」
「じゃあ、下には行かなかったの？」
二人がうなずく。
のっぺらぼうが現れたのかどうかは、わからないということか。ぼくはノートを取り出して、これまで物音がした日を記入していった。
13日（火）
14日（水）
15日（木）
16日（金）
17日（土）
23日（金）
24日（土）

このうち、おじいちゃんがのっぺらぼうを見たのは十七日の土曜日だけ。けれど、音がしたということは、その他の日ものっぺらぼうがいた可能性は高い。

「昨日、二十五日の夜は物音がしなかったの？」

「昨日はせなんだ」

おじいちゃんが首を振る。この日にちに、なにか法則性はあるだろうか。

「十八日から二十二日までは現れなかったってことだよね。二週連続で出たのは金曜日と土曜日。金、土に出る可能性が高いってことになるかな」

ぼくのノートをのぞきこんで、権守さんが言う。権守さんはぺろりとナポリタンを平らげていた。食べ終えたあとのきれいなお皿を見て、うれしくなる。圭一郎なんて、うまいうまいと言いながらも、ピーマンだけは断固として残す。

「おじいちゃん、おばあちゃん、物音がしたらまた教えてくれる？」

「わかったにゃん」

にゃん……？　おじいちゃん、いよいよ猫語にまで手を出したか……。

「ゆっくりしていってね」

と、おばあちゃんが権守さんに言い、邪魔するんじゃないよ、とおじいちゃんの腕を引っ張って連れて行ってくれた。ようやく二人きりになれる。

「来人くんのおじいちゃんって、ユーモアたっぷりだね。なんかかわいい。にゃん、って言ってたもんね」

権守さんがたのしそうに笑う。ぼくもたのしくなった。それからぼくたちは、のっぺらぼうについて調べた。

――のっぺらぼうとは目、鼻、口のない妖怪、化け物のこと。口だけのもの、鼻だけのもの、背の高いもの、女であるもの、黒いもの、などいろいろなタイプがいるらしい。ずんべらぼう、と呼ぶ地方もある。

・小泉八雲《こいずみやくも》『狢《むじな》』→目、鼻、口のない化け物が出てくる。

・与謝蕪村《よさぶそん》『蕪村妖怪絵巻』→「ぬっぽり坊主」という絵がある。顔ではなく尻《しり》に目《め》があり、尻目とも呼ばれている。

・水木《みずき》しげる『ゲゲゲの鬼太郎《きたろう》』→口だけがあるのっぺらぼう。

・『源氏物語《げんじものがたり》』「手習《てならい》」→「昔いたという目も鼻もない女鬼」という言いつたえが書かれている。

・『えぞおばけ列伝』ケナシコルウナルペ→アイヌ民族に伝わる怪女。黒い顔。目と口はなく、親指のような鼻がある。クマを操ることができる。

・『遠野物語』→旅人が、目鼻のないのっぺりとした子どもに赤頭巾《あかずきん》をかぶせたのを背中におぶって通りかかった、という記述がある。

検索してまとめたものを、ノートに書いていく。

「のっぺらぼうって、かなり昔から目撃情報があるんだね。平安時代？　すごいね」

権守さんが感心したようにうなずく。

「妖怪の一種なのかなあ。そもそも妖怪ってなんだろうね。幽霊じゃないよね」

ぼくがつぶやくようにたずねると、

「妖怪っていうのは幽霊とは違うわ。幽霊っていうのはエーテル体だから。人間が死んだあと、成仏《じょうぶつ》できないと幽霊になるパターンが多いの。妖怪っていうのは、言い方を変えると化け物のこと。物の怪《もののけ》とかあやかしとか魔物とか呼ばれることもある。魑魅魍魎《ちみもうりょう》っていうのは、妖怪が変化して、悪い気を放つようになったもののこと。のっぺらぼうみたいな妖怪は、あんまり人間に悪さはしないと思うんだよね。いたずらはすると思うけど」

権守さんに一気に言われ、思わずあんぐりと口を開けてしまった。

「わっ、やだ、ごめんね！　知ったかぶりしちゃって……」

「いやいやいやいや！　すごいなあと思って感動したよ。すっごく詳しいんだね」

権守さんは首を振って、ただ好きなだけ、と答えた。謙遜《けんそん》するところが、またすばらしい。

「おとうさんの本棚に妖怪辞典があったと思うから、明日学校に持っていくよ」

「わたしも妖怪の本を持ってるから、明日持っていくね」

二人でうなずき合う。それからぼくたちは、改めておじいちゃんに、のっぺらぼうを見たときの様子を聞くことにした。

「覚えてる範囲でいいから教えて」

「オッケーや」

「のっぺらぼうは、どんな顔だった？　鼻や口はあった？」

「ねがった。耳も髪の毛もなんもねがった。なんもねえ白い顔だ」

思わずぞっとした。つるりとした白い球体のような顔。不気味すぎる。

「身体はどんなだった？　なにか着てた？」

「白っぽかったべ。てるてる坊主んごたるった」

一体どこの方言なんだ……。てるてる坊主みたいだったってことか。

「てるてる坊主って、実はいろいろな噂があるの。ほら、首のところがキュッと締まってるでしょ……」

権守さんはそれ以上言わなかったけど、その先はなんとなく想像できた。身震いしそうになる。

「大きさはどのくらいだった？　大きかった？」

「おめぐらいがな」

「ぼく？」

「んだな。ほそっこかったなや」

ぼくは権守さんと顔を見合わせた。

「子どもの妖怪？　座敷わらし系？」

権守さんが言う。

「座敷わらしやったらええけどな。やけんど、それやったら、ごっつい迷惑な座敷わらしやなあ」

おじいちゃんが言い、売り上げも伸びとらんし、と続けた。座敷わらしだったら幸せを運んでくれるはずだから、売り上げが伸びるはずだと言いたいのだろう。

「おじいちゃん、どうもありがとう」

「ちゃーってことないさー」

「またなにかあったら教えて」

「オッケー牧場だ」

親指と人差し指で輪を作っておじいちゃんは言い、バーグ定あがってるよ！　とおばあちゃんに呼ばれ、うるせえばばあだなあ、とひとり言を言いながら去っていった。

「ぼく思うんだけど、今週の金、土にまた現れそうな気がするんだよね」

「わたしもその可能性が大きいと思う」

「今日が月曜だから、今週の様子をおじいちゃんに聞いてみるよ。木曜まで動きがなくて、金曜の夜に物音がしたら、土曜日に出る可能性が大きくなるから、ぼくも店に来て見張ろうと思うんだ。この目で見て確かめたい」

「わたしも！」

権守さんが身を乗り出す。

「わたしも土曜日の夜ここに来ていい？　おかあさんを説得するから！　のっぺらぼう見たい！」

「もちろん！　一緒にのっぺらぼうの正体を暴こう！」

権守さんと一緒に夜を過ごせる喜びを噛《か》みしめて、ぼくはこぶしを掲げた。

翌日の火曜日、学校帰りにパオーンに寄って、昨夜は物音が聞こえたかどうか、おじいちゃんとおばあちゃんに聞いてみた。

「大丈夫だったよ」と、おばあちゃん。

「なんの音もせんかったばーい」と、おじいちゃん。

水曜日、ぼくと権守さんは部活をサボってパオーンに向かった。いや、サボったわけじゃない。これもれっきとした部活動の一環だ。昨夜も、なにも起こらなかったらしい。

権守さんはまたバナナジュースだった。かなり気に入ってくれたらしい。ぼくはレモンスカッシュにした。サクランボがちょこんとのっかっていて、茎を結びたい衝動に駆られたけど、権守さんの前なので控えた。おばあちゃんがピザトーストを出してくれて、

「今日はお金払います。おかあさんにもそう言われてきました」

と権守さんは言ったけど、

「なーに言ってんの。孫の友達が遊びにきたら、おやつを出すのは当たり前。しかもこれはメニューにあるやつじゃないから。まかないよ、まかない」

とおばあちゃんが返して、権守さんはひどく恐縮していた。図々《ずうずう》しい圭一郎にも見習ってほしいものだ。

家に帰って、のっぺらぼうのことをおとうさんとおかあさんに話したら、おとうさんは絶句して、おかあさんはお腹を抱えて大いに笑ったあと、ふと我に返って、

「幻聴と幻覚……、おじいちゃんたち、大丈夫かしら」

と、一転して不安そうな顔になった。

ちなみに、おじいちゃんとおばあちゃんは、ぼくのおかあさんの両親だ。ここだけの話、おじいちゃんは、ぼくのおとうさんのことをあまり好きじゃない。っていうか、かなり嫌ってる。いまだに娘を勝手に連れていった人さらいみたいに思ってる。そのくせおじいちゃんは、おかあさんと会うとケンカばかりしてる。複雑な親子関係だ。

おとうさんの本棚に『妖怪辞典』と『妖怪全集』があったけれど、内容はすでに知っているものばかりで、あまり参考にならなかった。だけどのっぺらぼうのイラストはリアルで、ちょっと怖かった。実際これが目の前に現れたら、腰を抜かすかもしれない。

木曜日。学校帰りに一人でパオーンへ行った。

「毎日来てくれて、おばあちゃんうれしい。今日はゴンちゃんは来ないの？」

権守さんのことを勝手にゴンちゃんって呼んでる！　と思いつつ、

「月、水、金の部活のときだけね」

と返す。それは残念だねえ、と言われ、深くうなずいた。権守さんがいないと、つまらないので、店の手伝いをすることにした。

「らーいと！」

その声はゆりちゃん！　と思って振り向くと、ゆりちゃんは一人じゃなかった。

「連れて来ちゃった」

「もしかして告られたっていう人？　付き合うことになったの？」

ゆりちゃんと連れのその人は顔を見合わせて、照れたように笑い合った。

「わあ、よかったね、ゆりちゃん。おめでとう！」

「ありがとう、来人。こちら、ジュンくん」

ジュンくんはゆりちゃんよりも背が低かったけれど、笑顔がすてきな、がっちりタイプのナイスガイだ。

「わたし、ミルクセーキ」

「じゃあ、ぼくも。ゆりちゃんがいつも自慢してるから」

「ナポリタンもね。二つ」

「りょーかい！」

ぼくは敬礼してうなずき、おじいちゃんとおばあちゃんにオーダーを入れた。二人ともニヤニヤしていた。案の定、ミルクセーキはおじいちゃん、ナポリタンはおばあちゃんが、それぞれ自分で運んだ。

大ジョッキのミルクセーキ二つをトレイにのせて、手を震わせ、足を引きずりながら歩くおじいちゃんを見て、ジュンくんは瞬時に立ち上がって「ぼくが運びます！」と声をかけた。なんてやさしい人なんだ。

「なんてことないやねえ」

とおじいちゃんは笑い、表面張力ギリギリの重たいミルクセーキを、少しもこぼさずに二人の前に置いた。ジュンくんが目を丸くして感嘆《かんたん》の表情を送る。

「はい、世界でいちばんおいしいナポリタンだよ」

おばあちゃんが大盛りナポリタンを運ぶ。そして二人はそのまま、ゆりちゃんとジュンくんがいる四人がけの席に当たり前のように座った。ぼくも隣のテーブルから一つ椅子《いす》を拝借して、一緒に座った。

「ジュンくんとやら、ゆりのことをくれぐれも頼んだぞな、もし」

「ハ、ハイッ！」

ジュンくんが背筋を伸ばす。

「ジュンくんは、ゆりちゃんのどこが好きなの？」

これはおばあちゃん。

「ぜ、全部ですっ！」

きゃー、はずかしい、とゆりちゃんが、いやいやするように首を振る。

「全部っていうのは、ほんまに全部ってことやな」

ドスを利かせておじいちゃんの念押し。

「あ、関西のご出身ですか？」

「ちゃうわ。わしはチャウチャウ惑星の出身や」

ジュンくんが戸惑《とまど》った表情でおじいちゃんを見る。どう反応していいのか、わからないのだろう。当然だ。

おばあちゃんが、いいかげんにしなさいよと言い、ゆりちゃんは、隣に座っているおじいちゃんを「もうっ」と肘で突いた。

「マスターもおばあちゃんも心配してくれてありがとう。たぶん二人が気にかかっているこ とだけど、それについてはなんの問題もないの。ジュンくんの本名、純菜《じゅんな》っていうのよ」

そう言って、ゆりちゃんはウインクした。少しの間のあとで合点《がてん》がいったぼくとおじいちゃんとおばあちゃんは、そろって、ふうっ、と大きく息を吐き出した。

「なんにも心配いらないわ」

ゆりちゃんが笑う。ゆりちゃんの本名は由利斗《ゆりと》だ。間違って、おちんちんがついて生まれちゃったみたいだけど、ゆりちゃんはきっとこれから女性として生きていく。ジュンくんは、ゆりちゃんと逆で、おちんちんを忘れてきちゃったんだろう。

「ゆっくりしていってちょうだい。お邪魔虫は退散、退散。ほら、おじいさんも」

「ゆっくりしていきんしゃーい」

安心した様子で、二人はカウンターにひっこんだ。

ゆりちゃんとジュンくんはとても幸せそうだった。二人の「好き好き光線」がダダ漏れで、まぶしくて目を開けていられないほどだ。ゆりちゃんとジュンくんはたまたま異性同士だけど、きっとそんなことはどうでもよくて、人間としてお互いに大好きなんだろうと思う。

「ねえねえ、二人とも散歩サークルだよね。このあたりの土地の怪談話とか知らない？」

と、ぼくは聞いてみた。

「ジュンくんは県外に住んでるから、わからないかも。どう？」

「うーん、ちょっと思い浮かばないなあ」

ゆりちゃんの問いかけに、ジュンくんが首を傾げた。

「わたしもそういうのは知らないなあ。あっ、クスノキ公園には出るって聞くよね。自殺した人がいるとかいないとか」

「うん、実はその噂を調べたんだけど、イマイチ信憑性が低いんだよね」

ぼくは科学部の学術発表会の内容を、ゆりちゃんに話した。おおいに盛り上がって、そこから、パオーンののっぺらぼう事件についても話が及んだ。

「ええ⁉　そんなことがあったの？　マスター、大変だったわねえ」

ゆりちゃんが言い、興味深いなあ、とジュンくんが続けた。

「週末に出やすい傾向があるんだよね」

「そうなの？　なんでだろ」

ゆりちゃんが首を傾げる。

「週末の、のっぺらぼうか。ますます興味深いな」

ジュンくんが腕を組んで、なにかを考えるような顔になる。

「週末だけだなんて、妖怪にも学校があるのかなあ」

ぼくが言うと、ゆりちゃんとジュンくんは顔を見合わせて、せーの！　と音頭を取り、急に歌い出した。

♪ゲッゲッ　ゲゲゲのゲー

朝は寝床でグーグーグー
たのしいな　たのしいな
おばけにゃ　学校も　しけんもなんにもない♪

二人で歌って、笑い出す。水木しげるは、おとうさんが大好きな漫画家だ。書棚には、たくさんの水木しげる作品が並んでいる。

さらに続きを歌い出しそうな二人を制して、

「もし明日の金曜の夜に物音がしたら、土曜日の夜にここに来て、その音の出所を確かめてみようと思うんだ。のっぺらぼうも来るかもしれないし」

と、ぼくは言った。

「うわー、来人、怖くないの？」

「科学部の子と一緒だから大丈夫」

「それって、もしかして？」

ゆりちゃんがニヤニヤしている。ぼくは、小五のときにした約束通り、正直に権守さんのことを白状した。好きな子ができたら、ゆりちゃんにすぐに教えるという約束だ。

「夜を二人きりで過ごすんだあ？」

「ちょっとやめてよ。そんなんじゃないんだから」

答えつつも、口元がゆるんでしまう。反面、ちょっと不安でもあった。おじいちゃんとおばあちゃんに頼るのは気が引けるから、店ではぼくと権守さん、二人だけが待つ予定だ。店内の灯《あか》りが外に漏れたら、異変に感づいてのっぺらぼうが出ないかもしれないので、暗い店内で待つこととなる。権守さんと二人で過ごせるのはうれしいけれど、不安なことも多い。

真っ暗な中で過ごすのは、想像以上に怖いだろうし、のっぺらぼうが人間のしわざだった場合、ぼく一人では太刀《たち》打ちできない可能性が高い。もしくは、のっぺらぼうが本物の妖怪だったとして、取り憑《つ》かれでもしたらどうすることもできない。

おとうさんに頼んだけど、無理無理！　って首がもげるほど振られて断られた。残念だったけど、おじいちゃんが苦手のおとうさんに来てもらうのは酷《こく》な話だ。おじいちゃんだって、おもしろくはないだろう。

おかあさんに土曜の夜の計画を話したら、顔色を変えた。

「女の子と二人きりだなんて！」

と金きり声をあげたので、「そこお？」と、一瞬ずっこけたけど、現実的なおかあさんらしい。権守さんとの交際云々《うんぬん》で、中学生にはまだ早いとかそういうことを説教されるのかと思いきや、

「向こうの親御さんに連絡しなきゃ！　連絡先を教えなさい！」

と、詰め寄られた。おかあさんはただ、権守さんの親に自分からちゃんとその旨《むね》を連絡して、大丈夫ですから、と伝えたいらしかった。保護者間のトラブルは事前に避けるべし！　だってさ。

結局、おかあさんが権守さんの家に電話をして、祖父母もいますから安心してください、と伝えてくれた。おかあさんは、その任務が完了したとたん、「あとは任せたわよ」と、土曜日の件から手を引いた。

「なんだかおもしろそうだねえ。わくわくするよね」

ジュンくんが言う。

「ぼくも参加したいなあ」

「え？」

「あっ、ごめんごめん、来人くん。大事な研究の邪魔はしないから。今のナシね」

ジュンくんが慌てて手を振る。

「ううん、違うんです！　ジュンくん、本当に参加したいって思う？」

ぼくは真面目にたずねてみた。

「う、うん。おもしろそうだから、ぜひ参加したいと思うよ」

瞬時に目の前の霧が晴れる。

「よかったらぜひ一緒にお願いします！　中学生のぼくだけじゃ、なにかあったときに困っちゃうなって思ってたんです」

「え？　ほんとにいいの？　ぼくでよかったら、ぜひ参加させてもらうよ」

「ジュンくんが行くなら、わたしももちろん参加する！　いい？　来人」

「もちろん！　ゆりちゃんにも来てほしい！」

胸のつかえがとれたら、めっちゃたのしみになってきた。怖いけど、みんながいれば怖くない。

のっぺらぼうでもぬっぽり坊主でもなんでもこい、だ！

ゆりちゃんとジュンくんが参加してくれるのはうれしいけど、まさか圭一郎までもが来ることになるとは思わなかった。

金曜日もまた、科学部の活動の一環で、ぼくは権守さんと一緒にパオーンに出向いた。おじいちゃんによると、昨夜も物音はしなかったらしい。先々週の一週間だけ連続で物音がしたというのが謎《なぞ》だけど、やはり、金曜、土曜が有力だ。今晩、物音がするなら、明日ものっぺらぼうが来る可能性は高い。

ぼくは権守さんと二人で、明日の計画を話し合った。ゆりちゃんとジュンくんが参加することを話したら、権守さんもどうやら不安だったらしく、たいそう喜んでいた。ちょっと複雑な心境だったけど、中一男子にできることは限られているから仕方ない。

そのときだ。

「来人いますかー」

と、圭一郎がいきなり入店してきたのだ。今までぼくと一緒のときしかパオーンには来なかったのに、なんで急に来たんだ⁉　ぼくは超あせった。権守さんと一緒のところを見られたら、なんて言われるかわからない。

「あっ！　来人！　いるじゃん！」

ぼくを見つけて、圭一郎がこっちに来た。そして、ぼくの前に座っている権守さんを見て、驚《きょう》愕《がく》の表情になる。

「な、な、な、な、な、なんで……⁉　えええ⁉　どういうこと？　前に朝、しゃべってた子だよね。やっぱり、そういうことだったのか……」

圭一郎が大げさに肩を落とす。

「圭一郎、なんか用？」

なんてことないふうを装って、ぼくは言った。

「今日、部活だろ？　サッカー部」

「……サッカー部、やめたんだ」

「はあ⁉　やめた？　どうして⁉」

「やっぱ、運動部はおれに向いてないなあって思ってさ」

確かに、それはぼくにもわかっていたことだけど、なんで今さら……。

「だから、科学部に入部しようと思ってさ」

「えええ⁉」

「科学部に顔を出したら今日は来てないって言うから、来人んちに寄ったんだ。来人のおかあさんが出て、たぶんパオーンだろうって言うから来てみた。そしたら、なんだよう！　女の子とデートしてるなんてえ！」

圭一郎が頭を抱えて悶絶《もんぜつ》する。

「なんで圭一郎が悔しがるのかわからないけど、こちら、科学部の権守さん」

ぽかんとしている権守さんを、紹介した。

「ぼくたち、夏休み前の学術発表会の打ち合わせをしてたんだ」

言い訳がましいなあ、と思いつつ、実際そうなんだからいいのだ！　と胸を張る。

「え？　そうなの？　ただの打ち合わせ？」

「そうだよ」

「どういうことやってるの？　おれもまぜてよ。いいでしょ」

「なんでだよ」

「さっき科学部行ったとき、入部届出してきたよ。部長はいなかったけど、でかい三年生が受理してくれた」

牛込先輩に違いない……。

「権守さん、どうぞよろしくね」

調子よく圭一郎が手を差し出し、権守さんと握手した。ぐあああ、ぼくより先に権守さんの手を握るなんて！　なんなんだ、この展開は！

あ然としているぼくをよそに、圭一郎は権守さんから明日の夜の計画を聞き出し、「おれも絶対に参加する！」と、意気揚々《いきようよう》と宣言したのだった。


しとしとと雨が降り続いている土曜日。ぼくはみんなよりひと足先に、パオーンに向かった。昨夜、物音がしたかどうかを確認したかったのだ。

「どうだった？」

「午前三時に音がしたよ。うるさくて、かなわなかったよ」

と、おばあちゃんが言い、

「でっけー音だったずら」

と、おじいちゃんが続けた。

やっぱり、週末の法則は正しかった。となると、今晩もきっと現れるに違いない。

パオーンは夜八時までの営業だ。閉店間際に、権守さん、ゆりちゃん、ジュンくん、圭一郎が来ることになっている。おじいちゃんとおばあちゃんの近所の友達が閉店後に遊びに来ることもあるらしいけど、今日は用事があるからと、事前に断ってくれたそうだ。

今日は徹夜になりそうだから、睡眠をたっぷり取ってね、とメンバーに伝えておいた。ぼくも二階で少し休ませてもらって、夜に備えることにした。

午後七時半を過ぎた頃、メンバーがそろった。他のお客さんたちがそろそろ帰り支度《じたく》をはじめる頃で、間をあけずにぼくたち以外はいなくなった。こんなことはめずらしいと、おばあちゃんが言っていた。たいていは、閉店時間の八時ギリギリで飛び込んでくるお客さんがいるらしい。神の思《おぼ》し召《め》しだろうか。

ゆりちゃんは、はじめて会う権守さんを見てピンときたのか、終始ニヤニヤしていて、ぼくにこっそりと「すてきな子ね」と耳打ちしてきて、ゴンちゃん、ゴンちゃん、と権守さんにまとわりついた。権守さんもうれしそうだった。

おばあちゃんがピラフを振る舞ってくれて、みんなすでに夕飯は済ませてきたらしいけど、それでもぺろりと平らげた。圭一郎なんて、大盛り二皿だ。ピラフはパオーンのメニューにはないけれど、おばあちゃんの作るピラフは最高においしい。小エビとベーコンとインゲンが、絶妙な旨味《うまみ》のハーモニーをかもし出している。

店はいつも通りにしておいたほうがいいと話し合い、カーテンを閉めてシャッターを閉じ、掃除をしてすべて片付け終わったところで店の電気を消して、ぼくたちは二階のおじいちゃんちへ移動した。

おじいちゃんとおばあちゃんには寝てもらって、メンバーは居間で過ごすことにした。カーテンから灯りが漏れたらあやしいので、ゆりちゃんが持ってきてくれたキャンドルと、それぞれの家から持ち寄った懐中電灯でしのいだ。キャンドルの炎がとてもきれいで、心が和《なご》んでめっちゃ癒《いや》された。

圭一郎がなぜかUNOとトランプを持ってきていたので、小声でしゃべりながらみんなでゲームをした。キャンプに来てるみたいで、わくわくした。

あっという間に時間は過ぎていき、階下から鳩《はと》時計のぽっぽー、という音が二回聞こえた。いつもは陽気な鳩の声も、真夜中に聞くと不気味に感じるから不思議なものだ。

ぼくたちは足音を忍ばせながら一階に降りて、店でスタンバイすることにした。物音がしたら、すぐさまシャッターを開けて、外に飛び出す予定だ。

ゆりちゃんとジュンくんには店のなかではなく、外で待機してもらうことにした。勝手口があるので、そこから外に出てもらい、そのまま外で見張ってもらうのだ。あいにく雨が降っているけど、傘を差していたら目立つので、小さな軒下で身を寄せ合って立っていてもらうことになった。ラブラブの二人なら、のっぺらぼうが現れたって怖くないだろう。

「おれ、怖くなってきた」

圭一郎が言う。

「実はわたしもちょっと怖い。そういう話は好きだけど、実際に見たことはないの」

権守さんだ。

「ぼくがついてるから大丈夫」

そう言ってぼくは胸を叩いて見せた。それぐらい言わなきゃ、恋する中坊が廃《すた》るってもんだ。

深夜二時四十分。こんな時間まで起きてたことは、これまで一度もなかった。小声でぼくが言うと、権守さんは「わたしは、この時間けっこう起きてるよ」と言った。本を読んでいると時間を忘れるんだそうだ。なんだかかっこいい。

「おれはさ、だいたいこの時間になると、おしっこに行きたくなるんだよなあ」

圭一郎だ。どうせ寝る前にコーラやジュースを飲んでいるんだろう。

外のゆりちゃんとジュンくんは大丈夫だろうか。イチャイチャして、のっぺらぼうの反感を買わなければいいけど。

「そろそろだ。レジのほうに移動しよう」

足音を忍ばせて、三人でレジ付近に動いた。物音がした場合、すぐに外へ出られるようにレジで待機。

もし物音がしたら、速攻でシャッターを開ける。のっぺらぼうがいたら、捕まえる。誰もいなかったら、シャッターは開けたままでしばらく待つ。再度音がしたら、すぐさま飛び出していく。そういう計画だ。

レジのところにあるデジタル時計が、二時五十九分になった。心臓がバクバクする。ぼくの鼓動が二人に聞こえるんじゃないかと思うほどだ。圭一郎は脂汗をだらだら流して、ガチガチに緊張して固まっている。権守さんの両手はきつくこぶしに握られている。

ぽっぽー　ぽっぽー　ぽっぽー
鳩時計が三回鳴った。

ガチャガチャガチャ

三人でビクッと飛び上がったあと、顔を見合わせた。

ガチャガチャガチャ
ガチャガチャガチャ

いざとなると、足がすくんですぐに動けない。圭一郎は蠟人形《ろうにんぎょう》のように固まっている。権守さんは小さく震えてぼくの顔を見ている。

ぼくは勇気を振り絞ってレジカウンターから飛び出して、シャッターを開けた。なまぬるい空気がなだれ込んでくる。

「誰だっ！」

辺りを見渡したけれど、誰もいない。人影どころか、物音ひとつしない。点線のような雨がしずかに降り続いているだけだ。権守さんもあとから来て、二人で目をこらしたけれど、誰もいなかった。

ぼくたちは店のなかに入って、シャッターを開けたまま自動ドアだけを閉めた。おじいちゃんの話だと、次はコツコツと自動ドアを直接叩く音がするはずだ。

ぼくと権守さんはレジカウンターに戻った。圭一郎は目を見開いたまま、さっきと同じ格好で固まっている。口をぱくぱくさせているけど、声は出ないようだ。どんだけ怖がりなんだよ！

コツコツコツ
コツコツコツ

来たっ！　ドアを叩く音！　迷ってる場合じゃない！　ぼくはなにも考えずに飛び出した。

「のっぺらぼう！」

は、いなかった。でも、白い影が通るのが見えた。ぼくはドアを開けて外に躍《おど》り出た。

「待て！」

ぼくは白い影を追いかけた。外は霧みたいな雨が降っていて、もやっとけぶっている。

どこに行った⁉　白い影！　のっぺらぼう！　どこだっ！

無我夢中で走り出そうとしたそのときだ。目の前に、ぬっ、と大きな影が現れた。

「うわあああっ！」

「ちょ、ちょっと、来人。わたしよ」

「え、え、え？　ゆ、ゆりちゃんっ⁉」

「シッ、こっちに来て」

ゆりちゃんに強引に腕を引っ張られた。

「来人くん、待って」

権守さんだ。手には木刀を持っている。そういえば、レジのところに立てかけてあったっけ。

「ゴンちゃんも一緒に来て。しずかにね」

ゆりちゃんはぼくと権守さんの手をとって、勝手口のほうに向かった。なんだ？　どういう展開だ？　なまぬるい空気のなか、小雨は降り続いている。

勝手口にはジュンくんが立っていた。意味がわからずに、ぼくはゆりちゃんとジュンくんに、今見たことを伝えた。

「自動ドアを叩く音がして、白い影が見えたんだよ！　その影を追いかけようとしたら、ゆりちゃんがいて……」

ゆりちゃんはわかってるとでもいうように、うんうんとうなずいて、ぼくの肩に手を置く。

「ほら、出ておいで」

ジュンくんがうしろを振り向いて、声をかけた。

「ひぃっ」

ジュンくんのうしろから出てきたのは、白いのっぺらぼうだった！　思わずあとずさりして、権守さんの足を踏んでしまった。権守さんは踏まれたことにも気付かないみたいで、驚愕《きょうがく》の表情でのっぺらぼうを見つめている。つるんとした白い顔。首から下は白い布をマントのように羽織《はお》っている。まるで、てるてる坊主だ。

「ほら、それ取って」

ジュンくんの声に、のっぺらぼうはしばらく迷うように首をかすかに動かしたあと、白い面をしずかに取った。そこには、布を巻いたミイラのような顔があった。ぼくは口を押さえて、絶叫しそうになるのを我慢した。

「布も取って」

顔に巻かれていた白い布がゆっくりと外された。徐々にあらわになった人物を見て、ぼくはそれこそ絶叫した。

「りゅ、琉生⁉」

そこに立っていたのは、まぎれもなく琉生だった。ぼくの幼い頃からの親友で、こないだ手を振って無視された琉生だ。

「どういうこと？　わけわかんない！　琉生がのっぺらぼうだったってこと？　なに？　一体どうなってんの？　はあぁ？　おいっ、なんとか言えよ、琉生！」

琉生は下を向いて黙ったままだ。

「とりあえず、なかに入ろう」

ジュンくんが言い、ぼくたちは店に戻ることにした。頭のなかは疑問符だらけだ。どういうことだ？　のっぺらぼうが琉生だったのか？　毎週シャッターを叩いてたのも琉生ってことか？　意味がわからない。

店の入口から入った瞬間、叫び声が聞こえた。圭一郎だ。叫びながら、やみくもに腕をぐるぐると回している。電気を点けたら、ようやく動きを止めてしずかになった。

「え……？　なに……？　はあ？　琉生っ⁉」

圭一郎が頓狂な声を出す。

「ちょっとゆっくり話そうよ」

ゆりちゃんが言って、四人がけのテーブルを二つ合わせた。氷水しか用意できなかったけれど、ぼくはトレイにグラスをのせてみんなに配った。

「どういうことなのか説明して」

外にいたゆりちゃんとジュンくん、そして琉生に向かって、ぼくは言った。ジュンくんは、ふうっ、と息を吐き出して、水をごくごくと飲んだ。ゆりちゃんもそっとひとくち飲んで、それから話しはじめた。

「わたしたち、ずっと外で見張ってたの。勝手口のところは店の入口からは死角になってるけど、用心して壁に背中をぴたっとくっつけて待っていたの」

ジュンくんがうなずく。

「三時前に通りの向こうから、一人の男の子が歩いてきた。こんな夜中に出歩くなんてって思ってたら、パオーンの前で立ち止まってキョロキョロしはじめたの。わたしはその時点で、琉生だってわかった」

琉生は下を向いたままだ。小さい頃、ぼくたちはよくゆりちゃんに遊んでもらった。顔をはっきり見なくても、ゆりちゃんならすぐに琉生だってわかるだろう。

「そうこうしているうちに、琉生は手提《てさ》げから白い布を出して、ポンチョみたいに頭からすっぽりとかぶった。次に包帯みたいな布を顔に巻いていって、それからお面を取り出して顔に着けたの」

テーブルの上には、身体に着けていた白いポンチョと、白いお面、頭を覆《おお》っていた白い布が置かれている。

「三時になった瞬間、シャッターを叩きはじめた。わたしたちは少し様子を見ることにした。店のなかからシャッターの開く音がしたから、来人がシャッターを開けたんだなってわかった。来人が外に出てきたとき、琉生は向こうのゴミ置き場に隠れてた」

ゴミ置き場は路地にあって、ぼくもそこまでは見なかった。

「少ししてから、今度は自動ドアを叩きはじめた。棒みたいなものでコツコツコツってね」

指揮棒みたいなものも、お面や布と一緒に琉生の前に置かれている。

「今度は隠れないで、そのままドアの前に立ってたわ。そして来人がドアを開けた。琉生が走り出したのを見てジュンくんが追いかけた。琉生だってわかっていたから、ジュンくんにお手柔らかに捕まえてね、って頼んでおいたの」

「……そうだったんだ」

息がふつうにできるようになって、ぼくは深呼吸をひとつした。

「琉生、なんとか言えよ」

琉生を見て言った。琉生が顔をあげて、ぼくと圭一郎の顔を交互に見る。

「……ごめん」

「なんで？　理由を聞きたいよ」

琉生は眉間《みけん》にしわを寄せて唇を噛んでいる。しばしの間があった。権守さんにはこの状況がサッパリわからないと思うけど、なにかを感じ取ってくれたのか、しずかに座っていてくれた。

「琉生」

名前を呼んだのは、圭一郎だった。琉生の肩がビクッとする。

「なあ、琉生。お前、元気だったのかよ。ＬＩＮＥの返事もよこさないから、ずっと心配してたよ」

琉生の表情が、ふっ、と緩んだ。圭一郎ってすげえ。この状況でのっぺらぼうのことを聞かないで、琉生の心配をするなんて。空気の読めなさは、圭一郎なりのやさしさだ。

「あんまり元気じゃなかったよ、おれ」

琉生が言う。

「話してくれよ」

圭一郎が促すと、琉生はゆっくりと話しはじめた。

「新学期はじまって早々、RKRのグループLINEに、美術の時間に作ったっていう仮面の画像を送ってくれただろ？」

ぼくと圭一郎はうなずいた。美術の授業で仮面を作るという課題があって、ぼくは山姥《やまんば》、圭一郎はピエロを作製した。あまりに無残なできばえが逆におもしろくて、すぐに画像を送って琉生にも見せたのだ。

「なんかいいなあって思ったんだ。中学で新しい友達はできたけど、なんていうのか、心の底からばか笑いできなくてさ。二人が送ってくれた画像の仮面が超キモくてうらやましかった……」

「なんだそれ」

思わず声が出る。

「それで、のっぺらぼうの仮面を作ったってわけか？」

琉生は答えなかったけれど、琉生なりの思いが、のっぺらぼうという、目や鼻や口、耳のない仮面に投影されているような気がした。見るもの、聞くもの、すべてが新しい中学校生活。新しい関係と新しい自分を、一から作り上げていくのは大変なことかもしれない。

「二人がいつもパオーンでだべってるのも知ってた。いいなあって思ってた」

「何度も誘ったじゃん」

「……うん、でもさ、もう話に乗れない気がしてさ」

「そんなことっ……」

とっさに声に出した瞬間、ぼくの脳裏《のうり》に、三人でここで会ったときのことが思い出された。あれは確か四月だった。ぼくと圭一郎は、中学でも同じクラスになれたのがうれしくて、はしゃいでいた。

担任の先生がゴリラにそっくりで、担任自ら「ゴリラ先生って呼んでもいいぞ」と言ったのがツボで、思い出してはお腹を抱えて笑った。圭一郎がゴリラ先生の似顔絵を描《か》いて、それがソックリなのもおかしかった。

あのとき、琉生はどんな顔をしていただろう。話し好きの琉生のことだから、なにかしゃべってくれたと思うけど、まったく覚えてなかった。琉生の中学校のことを聞いても、知らない人のことばかりでおもしろくなかった。

「……ごめん」

ぼくは謝った。

「琉生の気持ち、考えてなかったかもしれない」

「ごめん」

圭一郎も続いた。

「でも、だからって、こんな真似するのおかしくないか？　ぼくの家や圭一郎の家だったらまだわかるけど、なんでおじいちゃんちなんだ？　店でこんなことするなんて、めっちゃ迷惑だろ」

ぼくの言葉に、琉生が「ごめん！」と頭を下げる。

「……ここで二人がたのしそうにしゃべっているのを見るのが嫌だったんだ。通りの向こうからたまに見てた」

「なんだよ、それ。声かけて入ってくれればいいじゃないか」

「……できなかったんだよ」

語尾が震えている。

「おじいちゃんとおばあちゃん、夜眠れなくてかわいそうだったよ」

「それは本当にごめんなさい！」

琉生が頭を下げる。

「ぼくにじゃなくて、おじいちゃんとおばあちゃんに謝ってほしい」

ここだけは譲れないと思って、強めに言った。

「琉生は気付いてほしかったんよなあ」

うしろから声がした。

「おじいちゃん！」

おじいちゃんが二階から降りてきた。

「起こしちゃった？　うるさかったよね、ごめん」

「なーに言っとる。とっくに起きとるわい。話も全部聞かせてもらったぞなもし」

おじいちゃんは手を腰に当てて、仁王立ちしている。

「おじいちゃんのパジャマ姿かわいい」

ゆりちゃんがつぶやき、まんざらでもなさそうな顔で、おじいちゃんが鼻をひくつかせる。おじいちゃんのパジャマは、コアラ柄だった。あらゆるポーズをしたコアラが、こっちを見て微笑んでいる。

「来人のおじいちゃん、ごめんなさいっ！」

琉生が椅子から下りて、いきなり土下座をした。

「なーにやってんだあ、琉生。顔上げろ」

琉生がおじいちゃんを見て、目をごしごしとこすった。

「おら、のっぺらぼうはおめだってわがってだよ」

「えっ！　そうだったの？」

声が裏返ってしまった。

「物音がした最初の一週間、おめとこの学校は休みだったべさ」

おじいちゃんの問いかけに、琉生が小さくうなずく。

「あっ、もしかして修学旅行⁉」

思わず大きな声が出た。ぼくは琉生の中学の修学旅行の日程を覚えていなかったけれど、おじいちゃんは知ってたんだ。確かに、その話をしたのはここ、パオーンだった。おじいちゃんも近くにいて、話を聞いていたのかもしれない。

「それと金曜と土曜の夜だべ。次の日に学校のない日を選んだんだべさ。夜更《よふ》かししとったら朝起きれねえからなあ。のっぺらぼう見たときは、えらいたまげたけれども、走り去っていく姿を見て、おめだってピンと来たべさ。じっちゃをあなどっちゃいけね」

おじいちゃんの謎解きに、権守さんがうなる。

「琉生はおらに気付いてほしかったんばいね。だけん、うちに来たんばいね」

ぼくは琉生を見た。琉生は、がっくりとうなだれている。

「琉生も圭一郎も、うんと小せえどぎがらよぐ知ってら。おらにとっては来人と同じめんこい孫だべさ。琉生だってそうだべ？　おらのこと、本当のじっちゃだと思ってただべな？　おめんとこは、年寄りと一緒に住んでねえしよう。琉生は、じっちゃに気付いてほすかったんだべなあ。じっちゃだったら、大ごとにすねって思ってだんだよなあ」

妙な方言を使って、おじいちゃんが朗々と語る。琉生がなんの反応もしないところをみると、図星なのだろう。あまのじゃくな琉生らしい。素直じゃないくせに、さびしがり屋。目立つのが好きだから注目されないと、一気に不機嫌になる。

「おら、おめが夜中に出歩いちょるのが心配でならなかっただよ。中学あがったっつっても、まだまだこんまい子どもだべ。捕まえちゃるか迷ったけんど、全部あきらかにすっのは、じっちゃでなく、来人や圭一郎のほうがいいだべさと思ってよう。正体わがってからは、二階の窓からおめのことこっそり見てただよ。おめがかぶりもん取って、家さけえるとき、心配だもんでずっと目で追ってたさあ。ほんとはうしろからついて行きたかったけんども、足が悪いでなあ、悪かったなあ」

琉生が今にも泣きそうな顔をしている。おじいちゃん、琉生のことが心配で、ずっと二階の窓から見てたんだ。

「今回のことは大目に見てやるばい。その代わり、一週間パオーンを手伝えや」

おじいちゃんの提案に、琉生は涙を拭《ぬぐ》って素直にうなずいた。

「一件落着？　でいいのかな」

ゆりちゃんがかわいい声で、首を傾げる。

「ちょっと待って。ぼく、もう一つだけ琉生に確認したいことがある」

ぼくは琉生を見た。

「先月末だったと思うけど、クスノキ公園で琉生を見たよ。めっちゃ手を振ったけど、目の前で無視して素通りされた。あれはなんだったの？　ぼく、超ショックだったんだけど」

正直な気持ちを伝えた。琉生がぽかんとして、「なんのこと？」と返す。

「琉生は友達と歩いてたけど、まさか気付かなかったなんて言わないよな？」

あれほどの至近距離だ。気付かないなんておかしい。

「本気で気付かなかった。まったく覚えがない」

嘘を言ってる顔じゃなかった。こっちも、ぽかんとしてしまう。もしかして、あの瞬間、ぼくは透明人間にでもなっていたのだろうか。

「来人、ごめん。おれ、実は視力がすごく悪くなったんだ。裸眼だとほとんど見えない。めがねは苦手だから学校以外ではかけてないんだ」

「え、そうなの？　今は？」

「実は今もほとんど見えない」

圭一郎が指を三本立てて「これ何本？」と聞いたけど、琉生は、わからんと言って首を振った。

こんな近くで見えないなんて！　と驚いた。

「じゃあ、ほんとに気付かなかっただけ？」

「うん、ごめん。今度からコンタクトレンズにする。それと、一緒に歩いてたのはたぶん、おれの従兄弟《いとこ》だ。学校の友達は、うちに来たことないから」

「そういうことだったんだ」

ぼくは胸をなでおろした。無視されたのが誤解だとわかってうれしかった。

「それよりさー、おれのニキビが原因じゃなくてよかったよ。おれがニキビの画像を琉生に送ったから、怒って離れたのかと思った」

「いや、あれは正直気持ち悪かった。二度と送らないでくれ」

こんなときでも、ぴしゃりと琉生は言い、圭一郎はまたまたあ、と言って「てへへ」と舌を出した。ぜんぜんかわいくない。

「……ねえ、来人くん。これって学術発表会で使えないよね」

権守さんだ。「誰？」と、調子を取り戻してきた琉生が聞くので、ぼくは権守さんとジュンくんを改めて紹介した。

琉生が権守さんとぼくを交互に見て、ふうん、と意味ありげな視線を送ってくる。さっきまでの殊勝《しゅしょう》な態度はどこへやら、本来の琉生が前面に出てきた。切り替えが早い。まあ、そのほうがいいけど。

「そうだね。結局、幽霊でも妖怪でもなかったもんね」

こんな結果だと知ったら、牛込先輩にまたネチネチ言われそうだ。

「あとはクスノキ公園の幽霊の真相だけか……」

ぼくがつぶやくと、おじいちゃんが、

「あんだって？　もいっかい言ってみんしゃい」

と、耳に手を当てて首を突き出した。

「クスノキ公園のクスノキの木に『出る』って噂があるんだよ。枝にぶらさがっている人影を見たとか、木の陰からおじいさんが出てきたとか、老婆が上から覗いていたとか。おじいちゃん、知ってる？」

おじいちゃんは深くうなずきながら、

「知ってるとも！　なんなら真相まで知っとるわい！」

と、答えた。

「ええっ⁉　教えてっ！」

「ええっ⁉　教えてくださいっ！」

ぼくと権守さんの声がそろう。ハッピーアイスクリームだ。ちなみに、ハッピーアイスクリームというのは、ぼくの親世代が子どもの頃に流行《はや》った言葉らしい。同じ言葉を同じタイミングで言ったときに使う。「ハッピーアイスクリーム」と先に言ったほうが勝ちで、負けた側はアイスクリームをご馳走《ちそう》しなければならないという、しょうもない遊びだ。しょうもない遊びだけど、おとうさんとおかあさんがいつもムキになって使うので、いつの間にかぼくも使うようになってしまった。しょうもない。

「ありゃ、わしじゃ」

「は？」

また声がそろう。

「わしじゃよ、わし」

「どういうこと？」

おじいちゃんはわざとらしい咳払《せきばら》いを一つしてから、しゃべりだした。

「何年か前に、クスノキ公園のクスノキの木ぃを伐採するいう話があってん。樹齢百年あまりの木ぃ切るなんてバチ当たるで、とんでもねえって役所に抗議したってんけど、聞いてもらえんでよう。こうなったらほんまにバチ当たらしたるわい思て、近所の年寄り連中とグルんなって、噂になるよう、人を脅《おど》かしたっちゅーわけよ」

すぐに言葉が出てこない。

「枝に男の人がぶら下がってゆらゆらしてたってのは……？」

「ああ、ありゃ、人形だべさ。昔農家やってたヤッさんが、案山子《かかし》を作ってくれたんだわ」

「……木の陰からおじいさんが顔を出すっていうのは？」

「ああ、ありゃ、わいじゃ、わい！　顔に血のり塗ったりしておもろかったでぇ！　みんな腰抜かして飛んでったわ」

「……老婆が上から覗いてるってのは？」

「ああ、ありゃ、佐藤《さとう》んちのヨシ子《こ》だ。ヨシ子はいつも着物だから、ぴったりだべ。木のうしろに脚立置いてうらめしや、ってやったんだ。最高だったずら」

……絶句。なんなんだ、この展開は……。

「きゃーっはっはっは、やだー、笑える！　こんなおもしろいことってあるう？　あーはっは」

ゆりちゃんが大笑いする。我慢していたのか、ジュンくんもブッと噴き出す。圭一郎も大きな声で笑いはじめた。権守さんも笑っている。

「さすがだなあ、来人んちのおじいちゃんは！」

琉生も笑う。ぼくも仕方なく笑った。笑ってみたら、なんだか本当におかしくなってきた。クスノキ公園の幽霊の犯人が、おじいちゃんだったなんて！　こんなオチってあるだろうか！　超笑える！　笑うしかない！

みんなでさんざん笑っていたら、しらじらと夜が明けてきた。雨は止んで曇り空だったけれど、それでも朝ってのは、すっごく明るいんだなあとぼくは思った。ぴかぴかの新しい朝だ。

のっぺらぼうのいきさつを正直に話したところ、牛込先輩は「ありえない！」と叫んで、髪の毛をわしゃわしゃとかき乱した。

予定していた「幽霊は存在するのか？」の研究はやめることにした。ぼくたち三人（圭一郎もちゃっかり入っている）は他のテーマを考えたので、牛込先輩も一緒にどうですか？　と誘ったけれど、それはどうしても嫌だということで、結局、牛込先輩一人で、「死と虫」というテーマで、おばあちゃんが亡くなったときのあれこれを発表するらしい。

ぼくたちの新しい研究テーマは、「いかにおいしいミルクセーキとナポリタンを作るか？」だ。パオーンのミルクセーキとナポリタンのうまさについて、研究、考察するのだ。

琉生の手伝い期間、ぼくたちは毎日パオーンに通って、おじいちゃんとおばあちゃんのレシピを研究した。

「レシピーだとお？　そんなもんないわいっ。料理っちゅーもんは、すべてさじ加減じゃ」

権守さんが、おじいちゃんの言葉を律儀《りちぎ》に書き取る。

「こんなもん、アホだって作れる」

おじいちゃんが言い、おばあちゃんもうなずく。

「なるほど。アホだって作れる。ふむふむ」

権守さんは感心したようにつぶやいて、ノートに「アホだって作れる」と、書いた。

「あのさ、権守さん、そこは書かなくてもいいんじゃないかな」

ぼくが指摘すると、権守さんは「あっ」と口に手を当てて、はにかんだように笑った。相変わらずかわいい人だ。

おじいちゃんたちの言う通り、ナポリタンの作り方はごくありきたりなもので、そこにはなんの秘密もなかった。試しに、三人それぞれの家で作ろうということになって、同じレシピで挑戦してみたけれど、不思議なことにパオーンの味にはならないのだった。

ミルクセーキにしたって、そうだ。牛乳と卵と砂糖とバニラエッセンスを、おじいちゃんの目分量でミキサーに投入するだけだ。特別農場で作ったひと味違う牛乳だとか、鶏の飼育環境に配慮した本物志向の卵だとか、ミネラル分が多い精製されていない砂糖だとか、そういうこだわりも一切ない。近所のスーパーでいつもと同じ材料をそろえるだけ。それなのに、やっぱりパオーンの味にはならないのだった。

——料理は人が作るものです。そこには誰かに食べてもらいたいという思いがあります。それは愛です。愛情というエキスが入ることによって、料理に魔法が生まれ、とびきりのおいしさになるのです——

「最終的に、ここに持っていけばいいよね。いかにも先生たちが喜びそうな文言じゃん」

ぼくたちはまず、最後の考察と感想から考えることにした。ここが決まれば、あとは適当で大丈夫だろう。同じレシピでも違う味になるんだから、当たらずといえども遠からずの考察になっているはずだ。

「愛のところを『売り上げ』、愛情のところを『金』にすると、さらにええんちゃう?」

と、おじいちゃんが現実的なアドバイスをくれたけど、スルーした。

ぼくと圭一郎と琉生は、ＲＫＲのＬＩＮＥグループを復活した。三人でパオーンで落ち合って、ばかみたいな話をしてばか笑いして、おしっこをちびるほど笑う日々だ。

梅雨が明けたら、すぐに夏休みがやってくる。海に行って泳いで、山でキャンプしようと、ぼくたちはたくさんの計画を立てている。

権守さんは、ぼくのおとうさんの本を借りるのがたのしみで仕方ないらしい。それを口実に話が盛り上がるからおとうさんには大感謝だ。おとうさんは相変わらず一人では二階に行けないけど、ぼくのお小遣いはたまる一方なので、これまたサンキューベリーマッチだ。

夜の雨のなか、クスノキ公園で過ごしたあの日に牛込先輩が見たという、ぼおっとした光。実は、ぼくには心当たりがあった。

権守さんとクスノキ公園で待ち合わせをしたあと、琉生が目の前を通り過ぎて行った日のことだ。琉生に無視されてぼくがショックを受けていたとき、ふいに目をやったクスノキに、ゆらゆらと揺れる光を見たのだ。

その光は、クスノキの枝にぶら下がるようにして、たのしそうに揺れていた。ぼくはびっくりして、手に持っていたカラスの羽根を思わず放してしまった。その瞬間、光はすっと消えたのだった。

クスノキ公園で張り込みをしていたあの夜、牛込先輩もカラスの羽根を持っていた。もしかしたら、カラスの羽根がこっちの世界とあっちの世界をつなぐアイテムなのかもしれない、なんて思ったりしている。琉生がぼくに気付かなかったのも、ぼくが少しだけ〝あっちの世界〟側に行っていたからかもしれないと。

あの日、ぼくが見た光は、なんだかとってもたのしそうで、クスノキと一緒に遊んでいる様子だった。あれは幽霊なんかじゃなくて、クスノキの木の精なんじゃないかと思う。樹齢百年のクスノキの木だ。木の精がいたってなんにも不思議じゃない。

牛込先輩は、いつもカラスの羽根を制服の尻ポケットに差してるから、そのうちにまたゆらゆらと揺れる光を見ることになるだろう。そうしたら、もったいぶって、とっておきのこの秘密を教えてあげようと思う。秘密を聞いた牛込先輩が、興奮して転ばないことを祈る。

パオーンは永遠に

「ちょっと！　いつまで新聞読んでるのよ。わたし、そろそろ帰るからね。ほら、ナポリタンあがってるわよ。さっさと動きなさいっての。ほらってば、じいじ！　聞こえないの？　んもうっ！」

おかあさんのキンキン声。お客さんの何人かが、チラッとカウンターに目を向けてサッとそらす。これはすでに営業妨害《ぼうがい》だな、とひそかに思う。

おじいちゃんは、最近耳が遠くなってきたせいか、はたまたわざとなのか、カウンタースツールに座って新聞を読んでいる。

「来人《らいと》っ！　あんたもボケッと突っ立ってないで早く手伝いなさいよっ。ほらっ、ナポリタン持ってってって！」

「今来たばっかりで手も洗ってないよ。ちょっと待ってて」

カウンターに入ろうとしたところで、

「ったく、使えないんだから！」

と、鬼の形相《ぎょうそう》で舌打ちされた。

結局、ぷりぷりしたまま、おかあさんがナポリタンを運んだ。もちろんお客さんの前では、お愛想笑いフルスロットルだ。

ここは、純喫茶パオーン。ぼくのおじいちゃんとおばあちゃんが経営している、創業四十八年の昔ながらの喫茶店だ。

二ヶ月ほど前、おばあちゃんは胃の手術をした。早めの対処で、悪いものはすべて取りのぞくことができたけど、これまで通りに料理を作るのは難しかった。おばあちゃんは次の誕生日で八十歳になるし、長年の腰痛もある。

店じまいをすることも考えたけれど、常連さんたちがパオーンの存続を熱望してくれた。細々とでもいいから続けてほしいという多くの声のおかげで、こうして今も続いている。

とはいえ、おばあちゃんに無理はさせられないということで、急きょ、おばあちゃんの娘、つまりぼくにとってのおかあさんが助っ人として、パオーンを手伝うことになったのだ。

「ほんと、さっちゃんは不器用だよねえ。もっと適当にやればいいの。調味料なんて目分量だよ。小さじ二とか大さじ一とか、そんなのいちいち計ってたら、こんな仕事やってらんないよ」

おばあちゃんはカウンター内に小さい椅子《いす》を置いて、そこに座ってアドバイスを出している。

「お客さまに提供する料理なのに、毎回味が違ってたら困るじゃない！」

「やだねえ、さっちゃん。味なんて変わらないよう。パオーンの味なんだからさあ」

のんびりとおばあちゃんが答える。ぶっきらぼうな物言いが多かったおばあちゃんだけど、年を重ねるごとに目尻が下がり柔和《にゅうわ》な顔つきになり、しゃべり方もやさしくなった。病気をしてからは特にだ。

「おお、ばあさん、ええこと言いよったなあ。パオーンの味！　それがいちばんや。わかったか、早智子《さちこ》」

早智子というのは、おかあさんの名前。そういえば親の名前って滅多《めった》に耳にすることないけど、ここのところ「さっちゃん」とか「早智子」とか、よく聞くなあ。

「うわっ！」

「はあーっ。なにやってるのさ、さっちゃんは……」

大さじ一杯の砂糖を計量スプーンで律儀《りちぎ》に計ったあと、鍋《なべ》に入れる直前にシンクにぶちまけるという失態《しったい》をしでかしたおかあさんに、おばあちゃんが大きなため息をつく。

「さっちゃんは、細かいことを気にするわりに慌て者なんだよねえ」

「んもうっ！　性に合わないのよ、こういうの！」

「早智子には鬼が付いとるなあ。般若《はんにゃ》みたいな顔をしおってからに。そりゃあ、砂糖もこぼすはずだわな。おもろいおもろい。わっはっは」

おじいちゃんがちゃかす。

「誰《だれ》のせいで鬼になってると思ってるのよ！　じいじがいいかげんだからじゃない！」

おかあさんの頭から湯気がもうもうと出てるけど、おじいちゃんはおかまいなしで笑ってる。

「ああっ、もう無理！　はいっ、来人、バトンタッチ。あとはよろしくね。はーっ、疲れた疲れた」

エプロンを取って帰り支度《じたく》をし、おかあさんはさっさと店を出て行った。

店にかかってる鳩《はと》時計の針は、午後五時三十分。昔はブサカワな鳩が出てきて、ぽっぽーっ、と時刻を知らせてくれたけど、いつしかカラクリが壊れて、ただの時計になってしまった。

エプロンを着けて、カウンターに入る。ここからはぼくがおばあちゃんの代わりに、キッチンに立つ。注文はおじいちゃんが取りに行くことになってるけど、最近耳が遠くなってきて、お客さんとコントの掛け合いみたいになることも多く、そういうときは、ぼくがすっ飛んでいく。

調理、テーブルの片付け、洗い物と、やることは多くてバタバタだけど、最近は常連さんたちばかりなので、多少の難は大目に見てもらってる。

「ライスカレー一丁目、ナポリタン二丁目」

おじいちゃんが朗々と伝票を読み上げる。一丁っていうのもどうかと思うけど、「丁目」というのはやめてほしい。おじいちゃんは、してやったり顔だけど、相手にしている時間はないのでさらりとスルーだ。

おばあちゃんが作る料理には及ばないけれど、ぼくは中学生のときからパオーンのメニューを勉強している。

あれから六年。ぼくはめでたく大学一年生となった。花の十八歳だ。

「おう、来人。来てやったぜ」

琉生《りゅうせい》がやって来た。ちょうど手が足りないところだった。ナイスタイミング。

「それ、持ってってって。二番卓」

「はいよ」

すばやく身支度をした琉生が、手際《てぎわ》よく動く。

「そろそろ琉生が来る頃《ころ》じゃと思ったんじゃー。わしの念力が通じたようじゃな。ほっほうはっはー」

「おじいさん、あんたも少しは動きなさいよう」

おばあちゃんが注意するも、馬の耳に念仏状態のおじいちゃんだ。

琉生は名の知れた大学に見事合格して、ぼくも友人として鼻が高い。ぼくが通っている大学は、そんな大学あったんだ？　という程度の知名度だけど、それはまあいい。

もう一人の幼なじみである圭一郎《けいいちろう》は、調理の専門学校に通っている。実家から充分通える距離なのに、ゴールデンウィーク中に引っ越しをし、一人暮らしをはじめた。

「まさかの圭一郎がな」

「ああ、まさかの圭一郎がやってくれたよな。青天の霹靂《へきれき》とはこのことだ」

琉生とそんなふうに言い合って、何度ため息をついただろうか。

いつもボーッとしていて、ワンテンポずれていて、気が利《き》かない圭一郎。運動も得意じゃなくて、勉強の理解力も下の中あたりを行ったり来たりしていた圭一郎。

そんな圭一郎が変わったのは、専門学校に通いはじめてすぐのことだった。身に着ける服装が変わり、髪型が変わり、言葉遣いが変わり、痩《や》せたな、と思っているうちにジムに通いはじめ、驚くような肉体改造を遂《と》げた。

そして、それはある日突然やってきた。

「おれの恋人のルナちゃん」

さわやかな笑顔でルナちゃんの肩を抱いた圭一郎を見て、ぼくと琉生はしばらく口が利けなかった。三人のなかでいちばんの奥手だった圭一郎に、まさかいちばん最初に彼女ができるなんて！　考えてもみなかった！

ぼくらが驚いている間に、圭一郎はさっさと引っ越しを済ませ、新しい生活をはじめた。ルナちゃんといちゃいちゃするためだけに、実家から離れたとしか思えない。圭一郎は、社会勉強のためだと言っていたけど、遊びに行ったぼくたちが見たのは、洗面所に二本並んだ歯ブラシと、キティちゃんのマグカップだった。

ぼくは少なからぬショックを悟られないように、余裕ぶって過ごしているけれど、内心はあせりまくりのこの頃だ。だって、中学生のときに立てたぼくの人生設計では、中学生で初恋、高校生でカップル成立、大学生になったらおおらかにたくさんの女性と付き合うという予定だったんだから。

世界の七不思議に入ると思うんだけど、どういうわけかこれまで一度も、ぼくに恋人ができた例《ため》しはなかった。女性に、道を聞かれたり電車の乗り継ぎを聞かれたりすることは、ものすごく多いけれど、告白というものをされたことは一度もない。ぼくのほうからは二度ほどあったけど、その場で丁重《ていちょう》に断られた。

琉生は中高一貫の男子校だったこともあって、伸びしろはこれからとも言える。分が悪いのは圧倒的にぼくというわけだ。まあいい。今後のぼくに期待だ。

「さっちゃんより、来人のほうが筋がいいね」

フライパンを返すぼくを見て、おばあちゃんが言う。

「あの子はおおざっぱな性格のわりに、調理に関しては細かいのよねえ。そのくせ不器用だから困る」

そう続けて、ふうっとため息をつき、

「手術してから、フライパンが重くてねえ……」

と、さみしそうに言った。フライパンというより、中華鍋と言ったほうがいいような年季の入ったシロモノだ。ぼくだって片手で動かすには骨が折れる。今のおばあちゃんじゃ、無理に決まってる。これまで使っていたことのほうが奇跡だ。

「おばあちゃんは、そこで座っていてくれるだけでいいよ。そこから、おばあちゃんの美味《おい》しさのエキスを念力で飛ばしてよ」

そう言ってウインクすると、うれしいことを言ってくれるねえ、と笑った。

「おい、まさかお前さん、そんなウインクを女性たちにしてるんじゃあ、あるまいなあ？　ばあさんには通じるかもしれんけど、若い女性には気味悪がられるんでないの？　だから、恋人ができないんじゃないのかえ？」

ぼくたちの話に聞き耳を立てていたらしいおじいちゃんが、口を挟む。たまに、新聞が逆《さか》さまのときもあるから要注意だ。

「おじいちゃん、最近、エセ方言がぐちゃぐちゃだよね。大丈夫？　ぼく、心配だなあ」

さりげなくチクリとやると、聞こえないふりを決め込んで新聞に顔を近づける。おじいちゃんはぼくが高校生になった頃から、孫に接する態度というよりも、友達というかライバルというか、早い話、若ぶって仲間に入りたがる傾向がある。

「わしが生きてるうちに、孫の恋人を見たいもんだなあ」

大きなひとりごとを言う。

「マスター、それだけは言わないであげて」

琉生が芝居《しばい》がかった様子で、しなを作る。前は、「来人のおじいちゃん」と呼んでいたのに、いつの間にか「マスター」なんて呼ぶようになって、二人はやけに仲良しだ。

「かわいい琉生や。そろそろ、CLOSE の札、頼んだぞなもし」

「合点《がってん》承知の助！」

琉生が鼻先を親指ではじいて、走る姿で決めポーズをとる。勝手に二人でやってくれ、とつぶやきつつ、立ち働く琉生の姿を眺めて、変わったなあ、とつくづく思う。

口が達者で弁が立ち、すばしっこくてさみしがりやであまのじゃくだった琉生。年を経《へ》るごとにそれらの角は取れていき、比例するように身長がぐんと伸びて、親しみやすい笑顔を味方につけた今となっては、どこから見ても「さわやかなお兄さん」風になっている。

結局、子どもの頃からほとんど変わらないのはぼくだけのようだ。性格も外見も非常に素直に成長し、相変わらずのかわいいぼくだ。

店内では、食事を終えたお客さんたちが帰りはじめている。閉店は午後八時。

「お酒を飲みにくるお客さんは、もう来ないの？」

たずねると、おばあちゃんは首を振って、みんなもう年だからねえ、と答えた。パオーンにお酒を飲みに来ていた常連さんたちも、年をとったということだろう。昔は、閉店後に近所の人たちがちょっと一杯と言って、よく飲みに来ていたっけ。

「おれ、パオーンの二代目になろうかな」

おじいちゃんに聞かせるように、琉生が滑舌《かつぜつ》のいい声を出す。

「いいねえ、いいねえ」

おじいちゃんはご満悦顔だ。

「あはは。いいってさ、来人。おれが二代目継いでもいい？」

「……え？　なに？　あ、ああ、もちろん。それはよかった」

「なんだよ、ノリが悪いなあ」

ぼくの肩を叩《たた》き、どこか調子でも悪いのか？　とたずねる。

「腹でも痛いのかえ？」

おじいちゃんも続ける。ふざけた口調だけど、眼光は鋭い。

「ごめんごめん、なんでもないよ。ちょっと考え事してただけ」

ピースサインで答えると、おじいちゃんはひょっとこみたいな顔をして「そうかえ？」と言い、琉生は、「夏休みにがんばろうぜ」と言った。恋人云々《うんぬん》のことを言っているらしい。

「明日はバイトだから寄れないわ。悪いな」

店内をすっかり片付けて、おじいちゃんとおばあちゃんを店の二階である自宅に見送ったあとで、琉生が言った。

「いいよ、ぼく一人で大丈夫。いつもありがとうな」

琉生は家庭教師のアルバイトをしている。テニスのサークル活動もあり、忙しい日々の間を縫《ぬ》って、こうしてパオーンに手伝いに来てくれる。小学生時代からの飲食代だと言って、無償で働いてくれるのだ。誰よりも無銭飲食をしていたのは圭一郎だけど、まあいいか。

「来人、最近サークルに出てないだろ？」

「あー、うん」

琉生の言う通り、最近サークルから足が遠のいていた。ぼくが入ったのは「放送研究室」というサークルで、主な活動は、動画の配信、映画の作成、ラジオ番組制作などだ。

ぼくはひそかに声には自信があって、ラジオ番組制作をたのしみにしていたのだけれど、ぼくのかわいい外見のせいか、映像のほうに引っ張られることが多かった。何事も経験だと思い、ぼくなりに一生懸命やっていたけど、これまで出演した三作品とも同じような役どころで、ほとほと嫌になってしまったのだ。

ＬＧＢＴへの理解を広める活動には賛成だけど、いつもぼくが年上男性から告白されるという設定にはうんざりだ。いくらなんでも、視野が狭すぎる。意見したら、一年生にはわからないかもね、と男性ばかりか、女性の先輩にまで言われて、げんなりしたのだ。

というわけで、ここのところサークルには顔を出していない。おばあちゃんの手伝いもあるから、どっちにしろ行ける状況ではないのだけれど。

「サークルでなんかあった？」

琉生にたずねられ、ぼくは、脚本と役どころについて話した。

「そうか、それは頂けないな。なんだか今日の来人、元気がなかったからさ」

どうやら心配してくれたらしい。琉生のやつ、すっかり大人になったなあ、とぼくはひそかに感慨深く思う。

「じゃあな、また連絡する」

「うん、どうもありがとう。じゃあね」

分かれ道で手を振って、琉生と別れた。

「元気がないかあ……」

小石を蹴《け》りながらひとりごち、ジーンズのヒップポケットに手を入れた。カサリ、と指先に紙が当たる。

脚本でも役どころでもない。まさにこの紙が、元気のない理由なのだった。


家に帰ると、おかあさんがダイニングテーブルに突っ伏していた。寝てるのかなと思ったけど、かすかに動いている。

「おかえり、来人。今日はおとうさんが肉を焼いてるぞ」

キッチンからおとうさんの声と、ジュージューという音。いい香りだ。肉を市販のたれで焼いただけだろうけど、ありがたい。おばあちゃんが元気な頃は、パオーンで夕飯を食べることも多かったけど、自分が作ったものを食べても味気ないので、近頃は家で食べている。

「……来人お」

いつの間にか、おかあさんが顔を上げていた。

「ただいま」

「わたし、もう無理。くたくたで死んじゃうわ。早期退職してようやく自由に遊べると思ったのに、パオーンの手伝いだなんて冗談《じょうだん》じゃないわよ。わたし、そもそも料理が苦手なのよ」

うん、知ってる。詳しいことは割愛《かつあい》するけど、ぼくは十八年間、おかあさんのご飯を食べてきたわけだから、よく知ってる。

「ちゃんとしたレシピがあればまだいいんだけど、聞くたびに調味料の量が違うんだもの。商売なのにあんな適当でいいの⁉　よくもこれまでやってこれたわよ！」

叫ぶように言って、顔を覆《おお》う。おかあさんはずっと事務の仕事をしていたけど、五十歳の誕生日を機にやめた。おばあちゃんが胃の検査をするひと月ほど前のことだ。ほんの一ヶ月間の休息だったけど、今思えば退職したのは、虫の知らせだったのでは、などと思う。

「もっと気楽にやればいいんじゃない？　誰もおかあさんの料理には期待してないんだし」

励《はげ》まそうとして言ったのだが、言葉の選択を間違えたらしい。正直者のぼくのバカ。

「どういう意味？」

「いや、ほら、おばあちゃんの料理は特別だからさ、誰にもおばあちゃんの味は出せないでしょ？　お客さんもみんなわかってるから、おばあちゃん以外の誰が作ったって同じってこと。まずくたって、誰も文句は言わないよ」

バンッ！　おかあさんが手の平で机を叩いた。

「来人！　あんたが大学を休んで店を手伝えばいいじゃない。あんな三流大学、留年したところで、なんのダメージもないんだから。ふんっ」

ひどい……。

「まあまあ。二人とも落ち着いて。ほら、肉が焼けたから」

レタスとブロッコリースプラウトとくし切りトマトのサラダが一緒に盛り付けてある。

「そうだ、パパがお店を手伝いなさいよ。あなた、そういうの好きじゃない。カフェ経営が夢だったんでしょ」

「いやあ、勤《つと》めがあるからねえ。それに、お義父《とう》さんに嫌われてるし……」

「ああ、そうだったわね」

速攻で納得されて、シュンとするおとうさん。

「もうしばらくは、おかあさんが手伝うしかないよ。メニューもだいぶ減らしたことだし、大丈夫だよ」

パオーンの食事メニューは現在、ナポリタンとビーフカレーと生姜《しょうが》焼きとホットサンドだ。ホットサンドは新メニューと言っていい。おばあちゃんの作るミックスサンドは絶品だったけど、意外に手間がかかるということで、急きょハムチーズとシーチキンマヨのホットサンドに変更したのだ。

「あーー、ほんといやになっちゃう。ストレスフルの毎日だわっ」

そう言って額をぺちりと打ってから、おかあさんは猛然と焼き肉を食べはじめた。ぼくも食べた。腹ぺこだ。ぼくたちの食べっぷりを見て、おとうさんは追加の肉を焼いてくれた。

昔は、一人で二階の書斎に行くのを怖がっていたおとうさん。ぼくが高校生になった頃からは二階の自室にいることが多くなったので、一緒に二階についてきて、とは頼まれなくなった。同じ階に誰かがいれば安心するらしい。

「だいぶ先の話だけど、お義父さんとお義母《かあ》さんがいよいよお店に立てなくなったらさ、その頃はパパも定年してるだろうから、パオーンを引き継ぐっていうのもいいよねえ」

牧歌的な口調でおとうさんが言う。

「わたしはやらないわよ。パパが一人でやればいいじゃない」

「えー、ママと一緒にやりたいなあ。おそろいのエプロン着けてさ」

未来を想像しているのか、にやけ顔のおとうさんだ。

「おじいちゃん、琉生を二代目にするって言ってたよ」

すかさず口を挟むと、「そんなあ……!」と手を口に当てて、悲しみのリアクションをとる。そんなおとうさんを見て、「ばかみたい」と笑うおかあさん。なんだかんだ言ったって、ぼくたち三人は仲良し家族だ。

食器を片付けようと立ち上がったところで、ジーンズのヒップポケットがカサリと鳴った。あのメモ用紙だ。心臓がどくんと波打つ。

「どうした？　来人」

「なんでもないよ」

笑顔でこたえて、食器を洗った。

この幸せな日々を壊してなるものか。ぼくは脅迫には屈しない！


――オレと付き合わなければ　Light　CO　ロス　6.26
これがメモ用紙に書かれていた文字だ。

――オレと付き合わなければ　来人　殺す　六月二十六日
どう考えても、そうとしか読めない。

今日、放送研究室のサークル部屋にひさしぶりに顔を出したのだった。一年生の女子二人がスマホをいじりながらお菓子を食べていて、他の人は？　と聞いたところ、隣町まで撮影に出かけたということだった。

父の書斎から本を一冊借りていて、サークル部屋に置きっ放しになっていた。脚本の参考にと思って持ってきた『放送室の幽霊』という、超常現象を扱ったものだ。必要な人はすでに目を通した頃だと思い、その本を取りに寄ったのだった。

なんの気なしにページをめくったところ、このメモ用紙が挟まっていた。見た瞬間に心臓が飛び跳ねた。

もしかしたら、これが挟まっていたページになにかしらヒントがあるのかもと、そのページをよくよく見てみたが、本文とメモとは関係ないようだった。しおり代わりにメモ用紙を挟んだということだろう。

これを書いて本に挟んだ奴《やつ》は、ぼくが今日来ることは知らないはずだ。誰にも言ってないし、そもそもぼくだって気が向いたから寄っただけだ。

もしかして、ぼくがいつ取りにきてもいいように、以前から仕込んでいたのだろうか？　でも、他の人がこれを見つけたらどうするつもりだったのだろうか？　謎《なぞ》はいくつも残る。

「これ、持ってくね」

女子二人に告《つ》げると、はーい、と声をそろえて返してきた。

「ねえ、この本、誰が読んでたか知ってる？」

さりげなくたずねてみた。

「さあ、ずっとそこに置きっ放しだったと思うけど」

二人とも首を傾《かし》げる。ぼくは礼を言ってサークル部屋を出た。

ベッドに寝転んで、メモ用紙をＬＥＤに向けて掲げる。透《す》かし文字でも書いてあるかと思ったけれど、なにも見えなかった。なんの変哲もないただのメモ用紙だ。

ぼくが気になっているのは、6.26という数字。単純に考えると、日付に読める。

六月二十六日。それは、明日なのだ。

殺されたらかなわないので、今日はサボろうかと考えたけど、どうしても出席しなければならない授業があって、しぶしぶと家を出た。警戒してキョロキョロしながら歩いたので、大学に着く頃にはぐったりと疲れてしまった。

授業を受けているときも気が気じゃなかった。背後から襲われないようにと、いちばんうしろの席で背中を壁につけて座ってはみたけれど、いつなんどき敵が現れるのかわからず、神経をすり減らした。いつも以上に、授業どころではかった。

教室よりも危険なのは、キャンパス内だった。四方八方から来る敵をかわすために、ぼくはくるくると回転しながら歩くことにした。三百六十度、常に目を光らせておけば、すぐさま対応できるだろう。

「来人、なにやってんの？　新しい遊び？」

「なにそれ、ダンスの一種？」

「相変わらず、バカやってんなあ」

と、次々と顔見知りに声をかけられたけど、それどころじゃない。こっちは命がかかってるんだ。

リュックに、ノートパソコンと国語辞典と漢和辞典を詰め込んできた。胸に抱えたバッグには、漫画本が十冊以上入っている。これで、万が一刺されたとしても致命傷は免《まぬか》れるだろう。問題は、荷物が重たすぎて腕と肩と腰に激痛が走っているということだ。敵にやられる前に倒れるかもしれない。

「よう、来人」

声に振り返り、思わず固まった。そこにいたのは、放送研究室の猿渡《さるわたり》先輩だった。心拍数が跳ね上がる。猿渡先輩は、ぼくがひそかに犯人だと踏んでいる最重要参考人なのだ。

これまで作成した三本のショートムービーで、ぼくのことを好きになる年上男性役が猿渡先輩だ。脚本も書いている。

「なんだよ、お前。最近ぜんぜん顔を見せないじゃないか」

そう言ってぼくの肩をつかんで、ぐいっと顔を寄せる。まるで強引なキスをする前段階のようだ。猿渡先輩の、ぼくに対する並々ならぬ好意をひしひしと感じる。

「すみません。家の事情でちょっと忙しくて」

「時間見つけて顔出せよ。次のショートムービー、もうお前の役は決まってるんだからさ」

身体《からだ》をゆすって笑い、そのままぼくの肩をもみもみする。

「猿渡先輩、ぼくが部室に置いておいた『放送室の幽霊』って本を読みました？」

さりげなく聞いてみた。

「あ、ああ、あれね。読んでない。おれ、オカルト苦手なんだわ」

「……そうですか」

「じゃあ、またな。来人、待ってるからな。おれたちが作ったムービーで、世界を変えようぜ！」

ガッツポーズをする猿渡先輩。この人がメモを書いたんじゃないのか……。真相はわからないが注意は必要だ。

満面の笑みで手を振る猿渡先輩に会釈《えしゃく》をして、うしろ歩きのまま校舎をあとにした。

パオーンに着いたときには汗だくで、くたくたに疲れてしまっていた。とりあえず大学では何事もなかったけれど、まだ今日は終わっていない。油断は禁物だ。

「来人、早く替わってちょうだい」

ぼくの顔を見たとたん、おかあさんがすがるような声を出す。

「ちょっと待って。水を一杯……」

胸を押さえながら、カウンタースツールに座った。

「どげんしたんや。風邪《かぜ》でも引いたんか？」

新聞の折り込みチラシを見ていたおじいちゃんが顔を上げて、ぼくをじっと見つめる。

「なんでもないよ。大丈夫」

おじいちゃんはやけに勘のいいときがある。昔からおじいちゃんだけには隠し事ができなかった。これまで何度も助けてもらったけど、今はもうぼくがおじいちゃんを守る側だ。余計な心配はさせたくない。

「マスター。コーヒー」

常連さんが手をあげる。

「ほら、コーヒーだってさ、おじいちゃん」

飲みものはおじいちゃんの担当だ。最近、足の運びがさらに悪くなってきたけれど、腕はまだ衰《おとろ》えていない。おじいちゃんの淹《い》れたコーヒーしか受け付けない常連さんも多い。

エプロンを着けて、頭をしゃきっとさせた。あんなメモ用紙はいたずらだ。ぼくの考えすぎ。ただの落書きに違いない。そうだ、そうに違いない。

おかあさんとバトンタッチするつもりだったけれど、今日はなぜかお客さんが途切れずに、注文がひっきりなしに続いた。結局親子二人でキッチンに立つことになった。

邪魔になるからと言って、おばあちゃんはカウンタースツールに移動した。おじいちゃんと隣同士で座る姿がかわいい。思わずスマホを向けて写真を撮ると、二人とも鳩が豆鉄砲を食ったような顔で写っていた。なかなかいい写真だ。

ピークを過ぎたところで、見知った顔がやって来た。権守《ごんのかみ》さんだ。ぼくの中学時代の同級生で、初恋の人でもある。権守さんも大学一年生。高校は分かれてしまったけど、時々こうやって顔を出してくれる。

高校二年生のとき、権守さんが彼氏を連れてパオーンに訪れたときはかなりショックだったけれど、告白しなかったのはぼくの落ち度だ。今となっては、仲のいい友達の一人。

「今日は、来人くんとおかあさんの二人なんですね」

「なんだか忙しくてね。いやんなっちゃうわ」

おかあさんが、首をすくませる。

「あっ、来た来た。ゆりさーん、こっち」

自動ドアに向かって、権守さんが手を振った。ゆりちゃんだ。

「最近、ゆりちゃんと仲いいね」

「いろいろと相談に乗ってもらってるから」

きっと恋愛のことだろう。権守さんは、最近ますますきれいになった。

「来人、ナポリタン二つお願いね。わたしは大盛りで。あとミルクセーキも二つ」

ゆりちゃんの注文に、おじいちゃんがいきなりきびきびと動きはじめる。おじいちゃんはゆりちゃんのファンだ。むろん、ぼくも。ゆりちゃんは今、大手化粧品会社で研究員として働いている。

「今日、ジュンくんは？」

「今日は、会社の人たちと食事に行くんだって」

ジュンくんというのは、ゆりちゃんの恋人だ。もう六年も付き合ってる、お似合いのカップルだ。

お客さんたちが徐々に帰ってゆき、エプロンを外したおかあさんに、ナポリタンを所望された。今日はここで食べて、ぼくといっしょに帰るつもりらしい。

おかあさんがカウンタースツールに移動したので、再度スマホを向ける。親子三人の写真だ。ハイチーズと声をかけると、三人そろってピースサインを作り、時代を感じさせてくれた。

「いらっしゃいませー」

愛想良く声を出したところで、なあんだ、と思う。やって来たのは圭一郎だった。ルナちゃんも一緒だ。

「ひさしぶりだね、ルナちゃん。元気だった？」

水を持っていきながら挨拶《あいさつ》した。ルナちゃんが照れたようにちょこんと頭を下げる。

「パオーンはナポリタンがオススメだけど、今おばあちゃんが料理できなくてさ。代わりに来人が作ってるから、あんまり期待しないでくれるとありがたいな」

圭一郎がルナちゃんに向かって、妙なジェスチャーをまじえながら話す。聞いてるこっちの尻がむずむずする。

「期待できないなら、ドリンクだけにすれば？」

そう言うと、いやいや、お腹空《なかす》いてるからさ、と返ってきた。

「ナポリタン二つと、レスカツーね」

「レスカツー？」

「レモンスカッシュ二つだよ」

「……ああ、はいはい」

ぼくはルナちゃんにだけ向かって、ごゆっくり、と言い、カウンターに戻った。権守さんとゆりちゃん、おかあさん、圭一郎とルナちゃんのナポリタンを連続で作りながら、どうやら何事もなく終わりそうだなと、心持ち安堵《あんど》する。

六月二十六日が終わるまでは、まだ四時間三十分あるけれど、家に帰るまでの道中に気を付ければ問題ないだろう。今日はおかあさんも一緒だから、なんとかなりそうだ。

「うーん、これさ、隠し味にハチミツ入れたらどうかな？　そうしたら、おばあちゃんの味に近づけるかもな」

持って行ったナポリタンをひとくち食べ、圭一郎が言う。調理の専門学校に通ってるからって、わかったような口を利くなっての。

「とってもおいしいです。おばあちゃんのナポリタンを食べたことがないから、比べられないけど、来人くんのナポリタン、とってもおいしいですよ」

ルナちゃんが言う。ありがとう、ルナちゃん。圭一郎にルナちゃんはもったいない。

「よお」

琉生がやって来た。圭一郎たちに気が付いて、一瞬ぎょっとしたのがおもしろい。

「あれ、今日は来られないって言ってなかったっけ？」

「家庭教師先の生徒が熱出して、急きょ休みになった。あっ、来人のおかあさん、こんにちは」

如才《じょさい》なく挨拶して、なぜかおじいちゃんとハイタッチをする。

「おれ、ナポリタン大盛りで。今日はお客さんね」

そう言って、窓際の二人席に座った。ぼくはまたナポリタンを作った。

「なあ、閉店って八時だったよな」

トイレに立った圭一郎がたずねる。そうだ、と答えると、了解、と親指を立てた。

常連さんたちが帰っていき、店内はぼくの親しい人だけになった。

「ちと早いけんど、CLOSEにしちまうべぇか」

時刻は七時四十五分。

「時間通りにきちんとやるべきよ」

おかあさんが口を出すと、おじいちゃんは黙った。そのとき、自動ドアが開いた。ほら見なさい、と言わんばかりに、おかあさんが得意げな顔をする。

「いらっしゃいませー」

はじめて見る顔だ、と思いながら、愛想良く声を出した。店内を見渡しているので、「お好きな席にどうぞ」と続けた。二十代とおぼしき男性だ。圭一郎たちのうしろの、四人がけの席に座った。

「わたしが行くわ」

食後のコーヒーを飲んで、すっかり気持ちが落ち着いたらしいおかあさんが、水とメニューを手に立ち上がる。

「お決まりになりましたら、お呼びください」

というおかあさんの声が聞こえた直後、ギャッ、という不気味な叫び声が店内に響いた。見れば、男がおかあさんを羽交《はが》い締めにしていた。

「は?」

なんだこれ、と思った瞬間、権守さんとゆりちゃんが同時に叫び声をあげた。一気に頭がクリアになる。この男、強盗だ!

「早智子!」

「さっちゃん!」

「来人のおかあさんっ!」

おじいちゃんとおばあちゃんと琉生が叫んだ。ぼくは、なんの声も出なかった。

「おい、お前ら、動くなっ！」

男が刃物を取り出す。時間が止まったように、みんなの動きが止まった。右腕を母の首に回し、左手に持っている包丁を振り回す。

「ギャーーッ！」

母の叫び声を間近で聞いた男は「黙れ！」とすごんで、包丁の刃を母の頬《ほお》につけた。

「ひぃぃっ」

母の悲痛な声が聞こえた瞬間だった。男が母を突き飛ばした。あっ、と思う間もなく、男が近くにいたルナちゃんを引っ張る。

「ルナちゃんっ！」

圭一郎の悲痛な声がむなしく響く。あれよあれよという間に、おかあさんの代わりに、ルナちゃんが人質にされてしまったのだ。

「へっ、ババアより若い女のほうがいいからな」

男がつぶやく。おかあさんは腰が抜けたのか、四つん這《ば》いのままカウンタースツールまで這ってきた。おじいちゃんとおばあちゃんが、おかあさんの腕を取って立たせようとするが、膝《ひざ》に力が入らないらしく、すぐにへたり込んでしまう。

いたたまれず、ぼくがカウンターから出ようとしたところ、

「動くなっ！」

と、男がぼくを見た。包丁の切っ先がルナちゃんの首に当たる。

「キャーッ」

たまらず、ゆりちゃんと権守さんが叫んだ。

「うるせえっ！　黙れっ！　ぶっ殺すぞ！」

ルナちゃんは顔面蒼白《そうはく》で声すら出ないようだ。石みたいに固まったまま動かない。

「全員、携帯電話を出せ！　今すぐだ！」

男はおそらく二十代。中背で、がっちりとした体型。百七十二センチのぼくと身長はさほど変わらないけれど、体重はかなり違うだろう。ぼくは太れない体質なのだ。

服装は、ジーンズにTシャツ、スニーカーという、ごく一般的な格好だった。髪は短髪で清潔な印象。顔立ちも悪くない。名前は忘れたけれど、女性に人気のあるお笑い芸人に似てなくもない。

「さっさとしろ！　すぐに携帯を出すんだ！　席から動かないで床に置いて、こっちに蹴れっ！早くしろっ！」

琉生が先陣を切って携帯を男のほうに向かって蹴ると、ゆりちゃんと権守さんもそれに倣《なら》った。ぼくと圭一郎も携帯をフロアーに滑らせた。

「わしらは持っとらん」

おじいちゃんが言い、おばあちゃんがうなずく。おかあさんの携帯は、二階に置いてあるバッグの中だろう。

「よし！　全員出したな！　あとで見つけたら、ただじゃおかないからな！」

　ぼくはさりげなく店内を見渡した。入口付近に犯人とルナちゃん。そのすぐそばのテーブル席に圭一郎。そこから少し離れた窓際の二人席にゆりちゃんと権守さん。その前の、二人席に琉生。カウンタースツールにおじいちゃんとおばあちゃんが座っていて、その足元に放心したように、おかあさんがぺたりと座っている。そして、ぼくはカウンター内で立っている。犯人を入れて総勢十人。

　パオーンは、通りに面した部分はすべて窓だ。外を通る誰かが気付いてくれないかと思ったが、犯人とルナちゃんがいる位置は、ちょうど柱と観葉植物に挟まれて外からは見えない。もしかしたら事前に下見をして、周到に計画を立てていたのかもしれない。ぼくを殺すために……。

「おい、ババア！」

「はい、なんですか」

　おばあちゃんが律儀に返事をする。

「そっちのババアじゃない。さっきのババアだ」

　おかあさんがビクッとして、男に目をやった。

「入口の鍵《かぎ》をかけてシャッターをおろせ。窓のカーテンも全部閉めるんだ。外から見えないようにしろ」

　おかあさんはよろよろと立ち上がり、入口の鍵を閉めてシャッターをおろし、ふらふらの足どりでカーテンを引いた。窓際に座っていたゆりちゃんと琉生は、自分のところのカーテンを自ら閉めた。

「戻れ」

男に言われ、おかあさんは、おじいちゃんとおばあちゃんが座っているカウンタースツールまで、酔っ払いのような足どりで戻っていった。

ぼくはわかっていた。男の目的は、このぼくだ。何事もなく今日は終わるだろう、なんて甘い考えをしていた十分前までの自分のバカ！　なんてお気楽だったぼく！

「ルナちゃんを放せっ！」

圭一郎がいきなり立ち上がった。

（え？）

ぼくは心底驚いた。琉生も目を瞠《みは》っている。

「おいっ！　動くなって言ってんだろ！」

「ルナちゃんを放すんだ！」

圭一郎が進み出ようとしたとたん、男がルナちゃんの髪をつかんだ。

「それ以上動いたら、この女を殺す」

ゆりちゃんが悲鳴をあげ、権守さんが泣き出した。ルナちゃんの目からは、しずかに涙が流れている。

「ルナちゃんに手を出したら許さない！　ルナちゃんを放せっ！」

「なんだよ、お前。この女の男かよ。いきがってんじゃねえぞ！」

男がルナちゃんを見て、いやらしく笑う。

「くそお……」

圭一郎はきつくこぶしを握っていた。ぼくは、ひそかに感心した。昔の圭一郎からは考えられない行動力だ。ぼくの知っている圭一郎だったら、たとえ彼女が危険な目に遭《あ》っていても、声も上げられずにただ震えているだけだろう。ルナちゃんを守ろうとする圭一郎。こんな状況だけど、恋の力は偉大だとつくづく思ったりする。

「ねえ、君！」

ぼくはカウンターのなかから、犯人に向かって声を張った。

「はあ？　なんだ、お前」

「ぼくはこの店のマスターの孫です」

「だからなんだ」

「女性を人質に取るなんて卑怯《ひきよう》だと思います」

「うるせえ」

「卑怯で卑劣《ひれつ》でみみっちいし、ダサい」

「なんだとお！」

「君の目的はわかってるんだ。ぼくを殺しに来たんだろ」

男は「はあ？」と首を傾げてから、「お前、頭大丈夫か？」と哀《あわ》れむような視線をぼくに投げてきた。

「まあ、お前を殺してもいいけどな」

そう言って、ふはっ、と笑う。

「だったら、人質を代えてください」

大事なお客さんを傷つけるわけにはいかない。なによりルナちゃんは、圭一郎の大事な彼女だ。

「おいっ、動くなっ！」

犯人の声を無視して、ぼくはカウンターから出た。

「ぼくが人質になります」

「……お前、弱そうだな」

値踏みするようにぼくを見て、男が薄く笑う。

「腕っ節に関していうなら、ぼくは相当弱いです。カラテも柔道も格闘技も相撲《すもう》も興味ありません。ぼくが小学生の頃に習っていたのは、そろばんぐらいです」

なんの話だよ、と琉生がぼそりとつぶやく。ぼくはゆっくりとフロアーを進んだ。男がなにも言わないところをみると、人質交換を了承してくれたのだろう。ぼくは覚悟を決めた。

「ちょっと待ったあ！」

「は？」

圭一郎が立ち上がって、手をまっすぐに上げている。

「勝手に動くなっ！　女を殺されてもいいのかっ！」

男がルナちゃんを力任せに引き寄せる。ルナちゃんがしゃくり上げる。

「来人じゃなくて、おれを人質にしろ！」

「なんだ？　お前らグルか？　おれをだますつもりだな！」

「おれがルナちゃんの恋人だ。おれがルナちゃんを守る！」

圭一郎、お前はなんてタイミングの悪い男なんだ！　この状況をわかってるのか？　犯人を怒らせたら、元も子もないじゃないか。

「やっぱりやめた。人質はこの女だ。二人とも動くな！　それ以上動いたら、今度こそ本当にこの女を殺す！」

「やめてください！　どうか、ぼくと人質を代わってください。お願いします！　ぼくには責任があるんです！」

「いや、おれが代わる！　おれがルナちゃんの彼氏なんだから！」

「圭一郎、今の状況がわかってるのか！　少し黙っててくれ」

「かっこつけんな、来人。本当は怖いんだろ。足が震えてるぜ。おれはこんな奴、なんにも怖くないからな。見てみろ、ほら」

圭一郎はそう言うが早いか、妙なステップを踏みはじめた。

「見ろよ、余裕だろ？　タップダンスだ」

意味がわからない。こんなアホがこの世にいるとは……。

「てめえら、いいかげんにしろっ！　おれのことをバカにしてんのか！」

「うるさいっ、犯人！　ルナちゃんを放せ！　このやろうっ！」

そう叫び、なにを血迷ったのか、圭一郎が犯人に突進していった。

「危ないっ！」

パオーンにいる全員の声がそろった。次の瞬間、すさまじい音がした。誰もが目を覆った。

「圭一郎！」

倒れた圭一郎を抱き起こす。ゆりちゃんと権守さんが悲鳴をあげる。ものすごい出血だった。

「ほれ、冷やせ」

おじいちゃんがカウンターから、冷たいおしぼりを投げた。圭一郎の顔は血まみれだ。

「大丈夫か、圭一郎」

うっ、ううう。圭一郎は呻《うめ》いている。続けて琉生が、ボックスティッシュを投げてよこした。

ぼくは丸めたティッシュを、圭一郎の鼻の穴に突っ込んだ。

「……痛い」

今にも泣き出しそうな声だ。圭一郎は、犯人にたどり着く前に、派手《はで》に転倒したのだった。危険過ぎる行動だから、ぼくも足を出して圭一郎を転ばせようとしたのだけど、圭一郎はその前に、自らテーブルの脚につまずいて顔面から落ちていった。ひどい鼻血だ。これはコントか。

「バカなの？　お前」

呆《あき》れたように男が言う。

「お騒がせしてすみません。今のことは忘れてください。とにかく、ぼくと人質を代えてください」

ぼくは丁重に頭を下げて、再度お願いした。

「ほんと弱そうだな」

男が言った。二度目だ。

「よし、お前。ここまで来い。右腕を伸ばせ」

男に言われるがままに、ぼくは男に近づき、右腕を伸ばした。その瞬間、乱暴に腕を引っ張られ、同時にルナちゃんが勢いよく押された。ルナちゃんは前のめりになって膝をついたけれど、そこには圭一郎が寝ていたので、ナイスクッションとなった。

「ルナちゃん、よかった……」

圭一郎が言うも、放心状態のルナちゃんはそのまま圭一郎を踏んづけて立ち上がり、カウンタースツールまで亡霊のように進んでいった。椅子にくずおれそうになるルナちゃんを、おかあさんが抱き寄せた。おじいちゃんとおばあちゃんも、ルナちゃんの背中や腕をさすっている。

とりあえずはよかったけれど、問題は山積みだ。ぼくの目の前には、切れ味のよさそうな包丁がきらりと光っている。こんな間近で、刃物を見たのははじめてだ。怖い。怖くてたまらない。抑えようと思っても、恐怖心がせり上がってくる。

「なにが目的なんだ」

琉生がしずかに問うた。

「目的？　金に決まってんだろっ！」

男が興奮したように怒鳴る。

「お金ならレジにあるから」

おばあちゃんが言うと、

「そうよ！　レジにお金あるわよ！　それ持って、さっさと出て行きなさいよ！」

と、本調子を取り戻した様子のおかあさんが、なぜか上から目線で大きな声を出す。

「レジに金なんか、ほとんど入っとらんわい」

おじいちゃんだ。

「強盗に入る店を間違えたとちゃうの？」

「うるせー！　誰がしゃべっていいって言ったんだ！　てめえら黙ってろ！」

「金なんか本当に入ってないわい！　こちとら、じり貧で店開けてんだってんだ！」

おじいちゃんが啖呵《たんか》を切る。わけがわからない。

「黙れ、クソジジイッ！」

「ふぉっふぉっ。クソジジイかあ。そういえば今日はまだクソが出とらんのう」

「ちょっと、じいじ。こんなときになに言ってんのよ」

「いや、快便っつーのは年寄りにとってはなにより大切なことだべさ。便秘で死ぬ人もおるからな」

「便秘では死なないでしょ？　死ぬことあんの？　便秘で？」

おばあちゃんが真剣な顔つきでたずねる。

「だってさ、大腸の長さは地球二周半ほどあるっていうじゃない」

「ちょっとちょっと、来人のおかあさん！　地球二周半っていうのは、大腸じゃなくて血管の長さですよ」

琉生が口を挟む。

「あらあ、そうなのね。でも、一ヶ月出なかったら大変よね」

おかあさんが続ける。

「一ヶ月！　そりゃあ、屁《へ》がとんでもなく臭《くせ》えだろうだなあ！」

おじいちゃんの言葉にみんなが笑った。

……カオス。これは一体なんなんだろうか。ぼくが人質になったとたんの、この軽さは……。

今、強盗が押し入っているという状況をわかっているのだろうか。

「レジを開けろっ」

背中を押される。レジは入口の横にある。昔はここに、ペコちゃん人形やダッコちゃん人形、ヤン坊マー坊のフィギュアが置いてあった。小さい頃はそれらを手にして、よく遊んでいたっけ。今はタクシー会社のカレンダーがかかっているだけだ。

昔ながらの黒電話もずいぶんと長い間活躍してくれたけど、ぼくが中学に上がる頃に、プッシュ式の電話に変わった。黒電話のダイヤルを回すときのジーコロという音。0を回したときの、永遠ともいえる長い時間。

こんな状況だというのに、そんなことを懐かしく思い出す。いや、こんな状況だからこそ、なのかもしれない。死が近づいている今、脳が必死になってたのしかった頃の思い出を想起させてくれるのだろう。

「もたもたするな！　早くしろっ」

ぼくは素直にレジを開けた。

「はっ、なんだよ！　これだけかよ」

五千円札一枚、千円札九枚、あとは小銭が少々。おじいちゃんは常にレジをチェックして、必要最低限度の釣り銭しか入れていない。

「なんの足しにもならねえじゃねえか」

言いながらも、男は札をすべてポケットに入れた。

「そんなはした金で人生を棒に振ることたあねえべさ。お前さん、まだ若いぞなもし。このまま来人を放せば、警察に連絡せんでもええぞなもし」

「黙れ、黙れ、黙れえっ！　こいつを殺されてもいいのかっ！」

包丁の刃が頬に当たる。ぺたりと冷たい感触に、芯《しん》から恐怖心がわき上がって卒倒しそうになる。おじいちゃん、頼むから犯人を刺激しないでくれ。

「どうするつもりだ」

琉生だ。

「金目当てだったら、もういいだろう。そのまま帰ればいい」

「うるさい！　お前たちの指図は受けない！」

うっ……。ぼくの首に回している、男の腕に力が入る。琉生、頼むよ、ぼくの状況を考えてよ。

やっぱり、あのメモに書いてあったことは本当だったんだな、と頭のなかの冷静な部分で思う。男は、もしかしたら同じ大学かもしれない。どこかでぼくのことを知っていたのかもしれない。だいぶ年上に見えるけど、留年し続けているのかもしれない。意外とすんなり、ルナちゃんと人質を代えたのも、ぼくになにかしらの恨みがあるからだろう。告白された覚えはないけど、妄想ストーカーの話はよくある。最終的に思いつめた男は、今日、六月二十六日、こうしてぼくを殺しに来たのだ。

「うおおおおおおおーっ！」

すさまじい雄叫《おたけ》びが響いた瞬間、全身にものすごい衝撃が走った。気が付けば、ぼくは床に投げ出されていた。

ぼくの横には、男が倒れている。そしてその上には、なぜか圭一郎が馬乗りになっているではないか！

「このやろうっ！」

そうこうしているうちに、琉生が飛んできて男の肩をつかんだ。ぼくはハッとして、落ちている包丁を拾った。

「ほれ、これ使え！」

おじいちゃんがどこから出したのか、縄を投げてよこした。縄を琉生に渡し、ぼくは包丁を足でカウンターのほうに滑らせた。すかさず、おかあさんが包丁を手に取る。

犯人を縄で縛っている圭一郎と琉生を手伝った。非力なぼくだけど、いないよりはましだろう。

十分後、パオーンの椅子には見事に縛られた犯人が座っていた。

「ルナちゃんっ！」

圭一郎がルナちゃんにかけ寄って、ぎゅうっと抱きしめる。

「怖かったね、もう大丈夫だよ」

ルナちゃんは安心したのか、泣きじゃくっている。

「おい、犯人！　ルナちゃんに謝れっ！」

圭一郎が犯人に詰め寄るも、犯人は憔悴《しょうすい》しきったようにぐったりとしている。

「来人、警察に電話」

琉生に言われ、スマホを手にとった。

「ちょっとお待ちなさいってば」

おじいちゃんだ。

「警察に連絡したら、この子の未来ないっしょ。そりゃあ、不憫《ふびん》ちゃうか？」

「なに言ってるんですか。たまたまこうやって捕まえられたからよかったけど、一歩間違えたら、大変なことになってましたよ。ルナちゃんの恐怖は一生消えないと思うし、来人だって殺されていたかもしれない。警察に連絡するべきです」

琉生がもっともなことを言う。

「ルナちゃんにしたことは許せないけど、来人のおじいちゃんの言うこともわかる。おれは見逃してやりたい」

圭一郎の言葉に、おやっと思う。こんなこと言う奴だったっけ？　琉生と思わず顔を見合わせて、互いに首を傾げた。圭一郎は慈愛に満ちた表情で、犯人を見つめている。気味が悪い。

それにしても！　圭一郎が犯人にタックルしたのには驚いた。隙《すき》を見計らったとはいえ、犯人は包丁を持っていたのだ。命がけの行動だ。しかも人質はルナちゃんじゃなくて、ぼくだったというのに。

「圭一郎、さっきはどうもありがとう。おかげで助かったよ」

礼を言うと、まんざらでもなさそうに「いいってことよ」と、ひらひらと手を振った。

「怖くなかったのか？」

琉生が聞く。

「ぜんぜん怖くないよ。ルナちゃんに怖い思いをさせた奴は許せない！」

「ありがとう、圭ちゃん」

ルナちゃんが圭一郎に身体を寄せる。恋の力は絶大だ。

ぼくはヒップポケットからメモを取り出して、男に見せた。

「このメモに見覚えある？」

少しの反応も見逃さないようにしていたけれど、男はまったくの無反応だった。

「ちょっとあんた！」

突然、犯人の前に躍《おど》り出たのはおかあさんだ。

「わたしのこと、ババアって言ったわよね。許せない」

男はぷいと顔をそむけた。

「謝りなさいよ！」

止める間もなく、おかあさんが男の頰をひっぱたく。

「なにしとんねん、おかん！」

思わず関西弁になってしまう。おじいちゃんの血だろうか。

「謝れって言ってんのよ！　このくそガキがあ！」

と、再度手を振りかぶったところで、慌てて止めた。おかあさんのほうが傷害罪で捕まってしまう。

「ちょっと落ち着いてよ、おかあさん」

「すぐに警察に電話して！　謝るまで許さないわっ！」

金きり声でおかあさんが叫んだときだ。入口から音が聞こえた。シャッターを叩いている。鍵を開けてシャッターを上げると、男たちが一斉に店になだれ込んできた。

「みなさん、無事ですか」

眼光鋭い背の高い男性に、警察手帳を見せられた。どうやら、ここにいるのは警察の人たちらしい。

「お手柄でしたね。どうもありがとうございます」

縄で縛られている男を見て、すぐさま状況を把握《はあく》してくれたようだ。

ぼくたちは刑事に話を聞かれ、一部始終を話した。救急車も来ていて、ルナちゃんを乗せてくれた。精神的ショックは大きいだろう。ルナちゃんにはおかあさんが付き添った。おかあさんも一時は腰が抜けていたので、少し休んだほうがいいだろう。

強盗犯の男は手錠をかけられ、その場で逮捕され連行された。

「ねえ、誰か警察に連絡した？」

なぜ突然、警官が来たのかわからない。ぼくの問いに、琉生もゆりちゃんも権守さんも首を振る。むろん、おじいちゃんとおばあちゃんもだ。

「……お、おれです」

見ず知らずの男が手を上げた。

「だ、誰？」

まったく気が付かなかった。隠れるようにして、存在感を消していたようだ。

「あ、あのう、そのう、おれ、圭一郎に……」

「澤田《さわだ》じゃないかっ！」

圭一郎が男にかけ寄る。

「圭一郎の知り合い？」

「うん、高校時代の友達の澤田くん」

「なんでここに？」

澤田くんは、圭一郎を窺《うかが》うように視線を動かした。

「……ちょうど通りかかって」

「澤田！　ナイスタイミングで通りかかってくれてありがとう！　店の様子がおかしいから、機転を利かせて警察に連絡してくれたんだろ⁉　そうだろ？　そうなんだろ？　どうもありがとう！」

圭一郎が大げさに喜んで、澤田くんに握手を求める。澤田くんは複雑な表情で目を泳がせている。あきらかに様子がおかしい。

「おい、圭一郎」

琉生だ。

「なにか隠してるよな」

「えっ？　なに？　何のこと？」

これ以上ないほどのしらじらしい演技だ。

「包み隠さず白状しろ」

ぼくと琉生とで詰め寄った。圭一郎の喉《のど》が、いぐうっ、と鳴る。

「圭一郎が話さないなら、澤田くんに聞こう。澤田くん、一体どういうこと？」

「ごめんなさいっ！」

澤田くんが頭を下げた。

「圭一郎に頼まれたんです」

澤田くんの言葉に、圭一郎はがっくりと肩を落とした。

「圭一郎くん、サイテーだわ。見損なった」

立ち上がって語気を荒らげたのは、権守さんだ。怒りを露《あら》わにする姿も、凛《りん》としていてすてきだ。

「本当にひどい！　よくもそんな考えが浮かんだものよ。ルナちゃんがかわいそう。それで彼氏だなんて聞いて呆れるわよ。圭一郎、よーく反省しなさい」

ゆりちゃんも怒ってる。

「ユースケよりサイテーな男がいたってわけね」

「ユースケ？」

ゆりちゃんの言葉に、ぼくは思わず食いついた。

「ちょっと、ゆりさんってば！」

権守さんが慌てたように、ゆりちゃんの腕を取る。

「まあまあ、ゴンちゃん、いいじゃないの。今日、実はね、ゴンちゃんの恋愛相談にのってたのよ」

権守さんの頬が赤い。照れる権守さんもすてきだ。

「ゴンちゃんがね、同じサークルのユースケって男に告られたんだって。見た目はいいらしいんだけど、『君を守りたい』って、連発するんだって」

ぼくだって、権守さんを守りたい。

「そんな男ば、やめんしゃい」

おじいちゃんが口を出す。

「でしょー、マスター。わたしも反対したのよ」

「どうして?」

と、ぼくは聞いた。ぼくだって、権守さんを守りたい。二度目。

「不遜《ふそん》じゃよ」

「そうそう、上から目線よね。誰も頼んでないっての」

「そういうもんなんだ?」

恋愛に疎《うと》いぼくがたずねると、

「来人はゴンちゃんを守ってあげたいと思う?」

と、ゆりちゃんが聞いてきた。話の流れから、ここでうなずいたらまずいのはわかるし、ぼくの淡い恋心もバレてしまうので、どうかなあとシラを切った。

「権守さんはどうなの?」

なにより大事なのは権守さんの気持ちだ。

「わ、わたしは、守ってもらうより、一緒に歩きたい」

権守さんの言葉に、あっぱれじゃ、とおじいちゃんが声を張り、

「そうそう、その通りなのよ。一緒に歩いていくのが恋人なのよ。ゴンちゃん、ユースケには出直してこいって伝えなさい」

権守さんが小さくうなずく。さっき心のなかで思ったことは撤回《てっかい》だ! ぼくも権守さんと一緒

に歩いていきたい！

「圭一郎が仕組んだことは、まさにこれよ。ルナちゃんを守るってことを、知らしめたかったんでしょ？　最低だわ、なにもかも」

圭一郎は、ただただだうなだれていた。

真相はこうだった。

閉店間際に、圭一郎とルナちゃんがパオーンを訪れる。そこに澤田くんがやってきて、ルナちゃんにちょっかいを出す。圭一郎が「ルナちゃんになにをするんだ！」と、正義の味方よろしく、澤田くんをやっつける。

という、最高に愚《おろ》かで安易《あんい》で、誰がどう見てもすぐにバレるであろう計画を、圭一郎は立てていたのだった。

ところが、そこに本物の強盗が現れた。圭一郎はてっきり、澤田くんに急な用事ができて、代役を立てたのだと思ったそうだ。

一方の澤田くんは、約束の時間を一時間間違えており、八時前ではなく、九時前に店に到着したというわけだった。澤田くんがパオーンを訪れたとき、すでに入口はシャッターが閉まっていて、圭一郎に何度電話を入れてもまったく連絡が取れない。

おかしいなと思って、ほんのわずかなカーテンのすき間から、苦心して店内を覗《のぞ》いてみると、包丁を突きつけている男と、包丁を突きつけられているひ弱そうな男が見えたそうだ。犯人とぼくだ。

これは一大事だと、澤田くんはすぐさま警察に連絡を入れてくれたというわけだった。

「サイテーだわ」

ゆりちゃんが再度口にする。何度言っても足りないようだ。

「守るって、そういうことじゃないわよ。力は男のほうが強いんだから、物理的に守るのは当たり前のことなの！　芝居打ったりしてバカみたい。恥を知りなさい」

ゆりちゃんの意見に、権守さんも大きくうなずく。

「二人の言う通りだけどさ、でも結果的によかったよな。本物の強盗だってわかってたら、たとえルナちゃんが人質だったとしても、圭一郎は犯人にタックルなんてできなかっただろうから。それに澤田くんが時間を間違えたところもよかった。万事ＯＫ。圭一郎ナイス」

琉生が、なぐさめなのか嫌みなのかわからない総括《そうかつ》をする。

権守さんとゆりちゃんは、それでも許せないと声を荒らげたけれど、でも実際、琉生の言う通りなのだった。圭一郎のアホみたいな計画がなかったら、今頃どうなっていたかわからない。最悪の状況だってあり得たのだ。

「……ねえ、このこと、ルナちゃんに言わないでくれる？」

ぼくと琉生は、言わないよ、と約束した。

「最近、ルナちゃんがつめたくてさ……。他に好きな人ができたっぽくて……」

それでこんな計画を立てたのか。

「他に好きな人ができたら、それまでよ！　なにしたって無駄！」

ゆりちゃんが声を張る。権守さんも大いにうなずいている。

「まあまあ、許しておやりなされ」

おじいちゃんだ。

「いくら演技だってわかってたって、包丁を持っている男に向かっていくなんざ、ふつうはできっこねえべっさ。たいしたもんだよ、圭一郎は。本当にルナちゃんのことが、好きなんだべさ」

おじいちゃんにほめられて、圭一郎は今にも泣き出しそうに見えた。偽者《にせもの》だと思ってるから男に向かっていったとは思うけど、たとえそんな計画がなかったとしても、圭一郎はルナちゃんを命がけで守ったかもしれないなあなんて、ひそかに思う。

「それよか、来人。さっきのメモ用紙、見せんかい」

相変わらずめざといおじいちゃんだ。観念してメモ用紙を見せた。

「ほう。昨日から様子がおかしかったんは、このメモのせいだったたんじゃな」

さすが、おじいちゃん。なんでもお見通しだ。みんなも集まってきて、メモをのぞきこむ。

——オレと付き合わなければ　Light　CO　ロス　6.26
「おれと付き合わなければ、来人、殺す。六月二十六日」

琉生が変換して読み上げた。ぼくと同じ読みだ。単純な思考の琉生とぼく。

「サークルに持って行った本に挟まってたんだ。だから、今日の強盗は、ぼく狙いだと思ったんだよ。日付が今日だから」

「さっきの犯人が、来人と付き合いたかったたってことか？」

「そう思ったんだけど、たぶん違う。さっきこのメモを見せたとき、まったく表情が変わらなかった。反応ゼロだ」

ぼくに対する態度も、好意やら、そこから発展しての憎しみとはほど遠いものだった。さっきの男は、ただの金目的の強盗だろう。

「いちばん濃厚なのは、放送研究室のサークルの誰かじゃないか？　もしかしたら、来人に恋心を抱いている奴がいるのかもしれない。そいつが犯人かも」

猿渡先輩の顔が浮かんだけれど、本は読んでいないと言っていた。

「ただのイタズラじゃないの？」

と、軽く口を挟んできたのは圭一郎だ。すでにいつもの調子を取り戻している。

「こんなの気にするほうがおかしいよ」

批判がましい口調だ。今日の全部をルナちゃんにチクってやろう、と決める。

「わたしは、『二酸化炭素削減』って読めるわ」

権守さんだ。権守さんは大学で、推理小説サークルに入っている。

「どういうこと？」

「Lightは電気ってこと。COは、CO_2の2が消えちゃったか書き忘れたかだと思う。ロスは減らすってこと」

なるほど。思わずうなる。

「おれと付き合わなければ、と、6.26は？」

「6.26はなにかの数値、もしくは日付に読めるけど、おそらく深い意味はないと思う。おれと付き合わなければ、っていうのは、なにかの脚本の台詞《せりふ》じゃないかしら。そもそもこれは、なんの意味もない、ただのメモ書きだと思う」

「わしもゴンちゃんと同じ意見じゃ」

おじいちゃんの言葉に、権守さんが、うれしいです、と答える。

「サークルで聞き取りしてみたら？」

琉生に言われて、ぼくはうなずいた。


放送研究室に顔を出すと、「あれえ？　しばらく休むって聞いたけど？」と、先輩たちに言われた。

「用事がなくなったんで、また顔出させてください」

と、ぼくは頭を下げた。

強盗事件があって以来、パオーンは休業している。おかあさんがもうこりごりと言って、手伝いを辞退したのだった。ぼくが授業を終えるまで、おじいちゃんとおばあちゃんの二人では心配だし、そもそも食事を出せない。今後のことをどうするか、模索している日々だ。

「よお、来人！」

猿渡先輩だ。

「次の脚本見たか？」

ぼくは首を振った。

「今度のホンは、自然環境問題も扱ってるぞ」

脚本を渡されたので、軽く目を通す。ぼくの役どころは、告白される側ではなく、告白する側だった。そして、付き合うことになった彼氏と一緒に、CO_2削減の運動をするというものだった。彼氏役は猿渡先輩だ。

ぼくは、例のメモ用紙を取り出して猿渡先輩に見せた。

「あー、確かに書いた気がするなあ」

頭をぼりぼりかきながら答える。

「Light って電気のことですか？　それでCO_2を削減ってことでしょうか？」

「きっとそうだろうなあ。脚本を書くときに、そのへんにある紙にメモしてたから。2が消えちゃってるけどな」

「ぼくの本に挟まってました」

「誰かが、しおり代わりに使ったのかもな」

ぼくは、こっそりと深いため息をついた。

「じゃあ、この6.26ってのはなんですか？」

「これはおれの誕生日。あ、思い出した。メモしてるときにちょうど彼女から電話がかかってきてさー。六月二十六日の予定どうするってんで、なんとなく書いちゃったんだな。当日は、彼女が手料理を作ってくれてさー。感激しちゃったよ」

ぼくが包丁を突きつけられているとき、先輩は彼女といちゃついていたのだ！　てか、猿渡先輩に彼女がいたなんてびっくりだ！　世の中、一体どうなってるんだ！

権守さんの読みは、ほぼほぼ当たっていた。さすが、推理小説サークル在籍だ。さすが、ぼくの心のマドンナだ。


パオーンを店じまいするのは仕方がないと、誰もがあきらめていた矢先、突然のニュースが飛び込んできた。それは、「仕事辞めてきちゃった」という、おとうさんのひと言からはじまった。

「早期退職者を募《つの》ってたしね、もう五十だし、好きなことをしたいなあと思って」

おかあさんには事前に相談していたらしく、おかあさんはしぶしぶという感じだったけど納得していた。

「すごい決断だね」

ぼくの授業料は大丈夫だろうかと思いつつ、とりあえず讃《たた》えた。

「わたしが働くことにしたの」

「え？　ゆっくりするんじゃなかったの？」

「性に合わないいってことに気付いたの。知り合いが紹介してくれた仕事があってね。バリバリ働くつもりよ。パオーンに行くのはもうこりごり」

授業料は大丈夫そうだと、胸をなで下ろす。

おじいちゃんとおとうさんの関係が気になるけど、まあ、なんとかなるだろう。ぼくも手伝いに行こうと、気持ちを新たにする。

「パオーンを大繁盛《だいはんじょう》させるぞ。たのしみだなあ！」

おとうさんはうれしそうだ。

「あ、そうだ。そういえばこのあいだお客さんが言ってたけど、パオーンのトイレから赤ちゃんの泣き声が聞こえたって」

「はあああ⁉　な、なんだ、それ。ど、ど、どういうことだ⁉」

「そういえば、あの店は、昔からいろいろな噂《うわさ》があったわね」

おかあさんもノってくれる。

「パパの膀胱《ぼうこう》、大丈夫だろうか……」

どうやらパオーンにいる間は、トイレを使わない作戦でいくらしい。

「トイレだけじゃないよ。キッチンで人影を見たっていうお客さんもいたよ」

ぼくの言葉に、今度こそおとうさんは顔面蒼白になった。おかあさんと目を合わせて、首をすくめる。こんな調子で、パオーンの二代目が務まるのだろうかと少々不安だ。

今の話はもちろん嘘《うそ》だけど、このくらいでへこたれていたら、おじいちゃんと一緒になんて働けない。怖がりのおとうさんをビビらせるために、おじいちゃんはあらゆる手を使うはずだから。

「鳩時計が壊れちゃってるから、直さないとね」

「ええ⁉　それもまさか、霊のしわざ……？」

本気でおののくおとうさんに、おかあさんが呆れたように天を仰《あお》いだ。

それと、もうひとつビッグニュースがある。聞きたい？　どうしようかなあ？　教えちゃおうかなあ？　って、ぼくのほうが全人類に向けて言いたいから、言わせてくれ！

なんと、権守さんから連絡が来たのだった。

——人質を代わってくれ、って犯人に申し出た来人くん、とてもかっこよかったです。今度どこかに行きませんか？

デートの誘いなのだった！　うれしさのあまり、思わずでんぐり返ししちゃったよ！　権守さんは、例のユースケからの告白は断ったそうだ。

デートは明日。権守さんの希望で、廃屋《はいおく》めぐりの一日になりそうだ。権守さんと一緒にどこまでも歩くぞ。

でも、とにかく。

パオーンの存続が決まって、ぼくはうれしい。

ぼくたちのオアシス、パオーン。いつまでも永遠に。

本書は二〇一七年八月刊『きみは嘘つき』(ハルキ文庫)に収録された「純喫茶パオーン」(改題「ライヤーミラー」)と、学芸通信社の配信により静岡新聞(二〇一九年十月～二〇年五月)に掲載された「あまのじゃくだな、のっぺらぼう!」を大幅に加筆・訂正し、書き下ろし「パオーンは永遠に」を加えたものです。

著者略歴

椰月美智子（やづき・みちこ）
1970年神奈川県生まれ。2001年『十二歳』で第42回講談社児童文学新人賞を受賞し、02年にデビュー。07年『しずかな日々』で第45回野間児童文芸賞、08年第23回坪田譲治文学賞を受賞。17年『明日の食卓』で第3回神奈川本大賞を受賞。著書に『るり姉』『伶也と』『14歳の水平線』『緑のなかで』『こんぱるいろ、彼方』などがある。

Kadokawa Haruki Corporation

椰月美智子

純《じゅん》喫《きつ》茶《さ》パオーン

*

2020年8月18日第一刷発行
2022年3月18日第四刷発行

発行者 角川春樹
発行所 株式会社 角川春樹事務所
〒102-0074 東京都千代田区九段南2-1-30 イタリア文化会館ビル
電話03-3263-5881(営業) 03-3263-5247(編集)
印刷・製本 中央精版印刷株式会社

ISBN978-4-7584-1358-9 C0093
http://www.kadokawaharuki.co.jp/
JASRAC 出 2005782-204

アンソロジー

きみは嘘つき

どうして私たちは、嘘ばかりつくんだろう――(「花が咲くまで待って」)。思いがけず再会した初恋の人(「恋の値段」)。婚約者とともに故郷を訪れた美しい姉(「ランドクルーザー田園を行く」)。父と子の秘密と冒険(「ユウマ」)。嘘でつながるふたりの少女(「読書する女の子」)。老舗喫茶店でくり広げられる、ある夏の一日(「純喫茶パオーン」)。六人の女性作家が描く、それぞれの嘘。贅沢なアンソロジー。

ハルキ文庫

青春アンソロジー

風色デイズ

競技を通じ、自らの限界に挑み、時に超える。他人と衝突し、時に理解し合う……。若き競技者《アスリート》の、喜怒哀楽に満ちた日々。あさのあつこ×マラソン、梅田みか×バレエ、大崎梢×バスケットボール、川島誠×ハンドボール、堂場瞬一×ラグビー、はらだみずき×サッカー、三羽省吾×野球——各々思い入れたっぷりに描いた、今、この文庫でしか読めない全七篇。

ハルキ文庫

恋愛アンソロジー

オトナの片思い

眠れぬ夜に想い焦がれ、一目逢うだけで胸がふるえる。男と女は、いつも恋を探し続ける……石田衣良、栗田有起、伊藤たかみ、山田あかね、三崎亜記、大島真寿美、大崎知仁、橋本紡、井上荒野、佐藤正午、角田光代の全十一編。いまをときめく実力派作家たちが紡ぎ出す、それぞれの「想い」のカタチ。贅沢な恋愛アンソロジー、待望の文庫化。

ハルキ文庫

恋愛アンソロジー

ナナイロノコイ

恋の予感、別れの兆し、はじめての朝、最後の夜……。恋愛にセオリーはなく、お手本もない。だから恋に落ちるたびにとまどい悩み、ときに大きな痛手を負うけれど、またいつか私たちは新しい恋に向かっていく──。この魅力的で不思議な魔法を、角田光代、江國香織、井上荒野、谷村志穂、藤野千夜、ミーヨン、唯川恵の７人の作家がドラマティックに贅沢に描いた大好評恋愛アンソロジー。